布莱顿与两个女儿在一起

伊尼德·布莱顿

（Enid Blyton，1897—1968）

英国著名儿童文学作家。早年受过幼儿师范教育，后从事教育报刊工作。她为各种年龄的儿童写了 600 多部作品，在英语世界拥有成千上万的粉丝。她是英国国宝级的童书大王，她的书是“哈利·波特之母”J.K. 罗琳的启蒙读物。在欧洲，她的书被公认为最让家长放心的课外读物；在全球，她的书被翻译的数量超过安徒生和莎士比亚。2008 年，她击败 J.K. 罗琳、简·奥斯汀、莎士比亚，被评选为“英国人最爱的作家”。代表作有《诺迪》、“五个小侦探”丛书等。

“五个小侦探”丛书创作于 1942 年，原先只打算写 6 部，结果问世后大受读者欢迎，到 1953 年共写了 21 部才打住。小说后来在报刊上连载，还被拍成电视剧，热心读者还建立了“五个小侦探”俱乐部，交换不同的阅读感受。2009 年，英国拍摄了一部布莱顿传记片，用白描的手法再现了她的一生。

编辑前言

一起来探险吧！

亲爱的小读者们，“五个小侦探”丛书第二辑终于与大家见面啦！

在2020年夏天的蝉鸣声中，我们走进了小侦探们惊险刺激而又温暖有趣的世界。“五个小侦探”是英国著名儿童文学女作家伊尼德·布莱顿的知名系列故事，共21本，讲述了四个勇敢机智的小朋友与一只狗狗的一系列探险经历，故事性、趣味性极佳，赢得了全世界无数家长与孩子的追捧与热爱。此前我们已推出第一辑，即该系列的前五本。但小侦探们的旅程远没有结束，这一次，我们继续为小读者们带来五个激动人心的探险故事。

时隔两年，大家是否还清晰地记着五个可爱的小侦探呢？还有第一次翻开这套丛书的新朋友们，你们的好奇心是否已被点燃？那就让我们一起来看看这个

特殊的“五人团”——古灵精怪的假小子乔治，沉着机智的大哥哥朱利安，调皮又细腻的狄克，以及善良温柔的小妹妹安；还有一只名叫提摩西的狗狗，它高大威猛，善恶分明，总能在关键时刻表现非凡。

四个小朋友每逢假期，便相约一起，在提摩西的陪伴下，愉快地开启一个个美好的度假计划。途中，他们总有非同寻常的遭遇，但不管遇到多么离奇的事件，陷入何种危险，小侦探们总能集思广益，各展所长，最终成功地解开谜题，逃离危险！

对小侦探们进行了一番介绍之后，让我们来看看第二辑的这五本书吧。

第一本，《重返宝岛》。复活节假期到了，小伙伴们在柯林度假。此时，乔治的科学家爸爸昆丁正在柯林岛做一项秘密实验，一旦成功就可以造福全人类。因此，他不能让任何人打扰他。可是，昆丁叔叔却在半夜听到咳嗽声，还发现了一截新鲜的烟头。他知道别人来不了小岛，因为熟悉航线的渔民接到禁令，不得带任何人上岛。那么，烟头是谁留下的？神秘岛客又是如何来到小岛的呢？

第二本，《幽灵火车》。愉快的暑假开始了，五个小侦探跟着拉菲先生来到荒原露营。荒原下有隧道，

经常有火车经过。孩子们发现山坳里有个废弃的火车调车场，看守人吐露，晚上有“幽灵火车”从废弃的隧道里开出开进。几个小伙伴按捺不住好奇的探险之心，决定去废弃隧道一探究竟……

第三本，《陷入大麻烦》。复活节期间，五个小侦探收拾好行囊，开始一场骑车之旅。然而，阴差阳错之下，狄克突然被人绑架，所有的快乐都化为险情。一切都是因为一个爱说大话、名为理查德的小男孩。其他的小伙伴决计解救狄克，他们会成功吗？

第四本，《冒险的经历》。昆丁叔叔和范妮婶婶到西班牙度假，五个小侦探留在柯林雅舍享受美妙的假期。一天晚上，有贼人闯入了昆丁叔叔的书房。不久，乔治和提摩西一起神秘失踪了。朱利安、狄克和安根据蛛丝马迹开始了追踪，并发现这件事与在海边遇到的流浪女孩乔有关……

第五本，《一次远足》。五个小侦探利用期中假，来了一次徒步远行，他们跋山涉水，玩得不亦乐乎。然而狄克和安因为夜里迷路而被迫借宿在一个破败农家，机缘巧合之下，狄克收到一个越狱犯人误传的口信以及一张纸条。根据这个口信和纸条，小侦探们会找到什么呢？

看到这里，小朋友们是不是已经迫不及待，想要翻开书本先睹为快了？我们还在文中给大家准备了小惊喜：这套外国文学读物的译者姐姐，很认真地为每本书制作了主要人物档案和译名对照表，方便小朋友们查阅；画家王珏老师为每个故事绘制了六幅生动的插图，相信一定能得到小朋友们的喜欢；每个章节结束后，还有一个“想想吧”，内含几个小问题，需要爸爸妈妈或者大哥哥大姐姐提问，小朋友们来回答，问题不难，一起来试试吧！

“五个小侦探”丛书是我们推出的诚意之作，在忠实于原著的基础上，力求为大家呈现原汁原味的情节。这套书打开了女作家布莱顿笔下的探险世界，希望能陪伴小朋友们走过一段幸福而有趣的时光，同时培养敢于斗智斗勇、乐于助人的美好品德。当然，这套书也同样献给永葆童心的大朋友们，愿你们也喜欢！

主要人物档案

即乔治娜，古灵精怪的假小子，坚强而勇敢，喜欢冒险，脑瓜里有许多鬼点子

“五个小侦探”中的大哥哥，沉着冷静而又机智过人，凡事总是站在前面，有勇有谋，敢想敢做

时而调皮，时而深沉，集体观念强，心思细腻

一个可爱的乖乖女，善良又温柔，喜欢过家家，也会流眼泪

乔治的宠物狗，高大威猛，善恶分明，总能救大家于危难之际

目　录 | Contents

第一章　在柯林雅舍重逢

乔治娜在车站接她的三个堂兄妹。小狗提摩西陪着她，它殷切地摇晃着长尾巴。提摩西非常清楚，这次是特地来接朱利安、狄克和安的，它开心极了。当五个小侦探凑在一起时，总是乐趣多多。

“提摩西，火车来了。”乔治说。没有人叫她乔治娜，因为若是别人这样叫她，她会不予理睬。她留着一头卷曲的短发，穿着开领衬衫和牛仔裤，像个男孩子。她的脸上长满了雀斑，大腿和胳膊晒得像流浪汉那样黝黑。

远处传来火车的轰隆声，火车越来越近，接着传来一阵短促的汽笛声。提摩西呜呜地叫唤了几声，又摇了摇尾巴。虽然提摩西不喜欢火车，但是它盼着这列火车到来。

火车越开越近，靠近柯林车站时，缓缓减速。火

车还未到达这个小小的站台，三个小脑袋就从车窗探了出来，三只小手拼命地挥舞着。乔治也向他们挥了挥手，脸上露出灿烂的笑容。

火车还没有停稳，车门就打开了。一个大个子男孩下了火车，他转身帮助一个娇小的女孩下车。接着又下来了一个男孩，他的个子没有第一个男孩高，双手各拿着一个袋子。当他从车里拖出第三个袋子时，乔治和提摩西冲了上去，提摩西跳到了他身上。

“朱利安！狄克！安！你们的火车晚点了，我们还以为你们不来了呢！”

“嘿！乔治！我们这不是终于来了嘛。提摩西，下来，别咬我。”

“嘿！乔治！噢，提摩西，老伙计，你还是像以前那样爱舔人！”

“汪汪！”提摩西开心地叫唤着，在大家身边蹦来跳去。

“还有行李箱或别的吗？”乔治问，“只有这三个袋子？”

“唉，我们这次来待不太长，真扫兴。”狄克说，“我们只能待两周！当然，总比没来好。”

“你就不应该去法国，还在那里待了六周。”乔治

三只小手拼命地挥舞着

有点嫉妒地说，“我猜，你现在变成法国人了吧。”

狄克笑了，他挥了挥手，飞快地冒出一连串法语。乔治根本不知道他叽里咕噜说什么，因为法语不是她最强的科目。

“别闹了。”乔治推了狄克一把，“你真讨厌，还是和以前一样。不管怎么说，你们来了，我真开心。没有你们陪伴，一个人待在柯林雅舍，真是无聊。”

这时，一个行李搬运工推着手推车过来。狄克转过身去，冲他挥了挥手，朝他说了一通流利的法语。这个搬运工惊讶极了，不过他之前就认识狄克，他俩很熟。

“你继续说吧。”搬运工说，“继续显摆吧。对了，需要我帮你们把行李运到柯林雅舍吗？”

“当然需要，谢谢。”安说，“狄克，别闹了。你老是这样说法语，真没意思。”

“让他说吧。”乔治说着，挽起安和狄克的手臂，“见到你们我真是太高兴了。我妈妈也盼着见到你们呢。”

“我猜昆丁叔叔可不这样想。”朱利安说。大伙沿着小小的站台往外出，提摩西绕着他们蹦来蹦去。

“爸爸最近心情不错。”乔治说，“他和妈妈去了

一趟美国，他在那里讲学，还听了其他科学家讲学。妈妈说那里的每一个人都很重视他，他很喜欢那种感觉。”

乔治的父亲是一位非常优秀、举世闻名的科学家。然而，他在家里却是一位非常难相处的人，他缺乏耐性，脾气暴躁，常常健忘。孩子们喜欢他，但又对他敬而远之。当他外出时，孩子们全都松了一口气，因为他们可以尽情地疯疯闹闹，可以在楼梯间跑来跑去，搞恶作剧，想怎么玩就怎么玩。

“我们在这里的这段时间，昆丁叔叔会一直在家吗？”安问。她真的很害怕这位脾气火暴的叔叔。

“不会。”乔治说，“我爸爸妈妈要去西班牙度假，所以，我们马上就自由了。”

“太爽了！”狄克说，“那我们就可以一整天都泡在水里了。”

“吃饭的时候，提摩西可以和我们一块吃，不会因为动来动去被赶出去。”乔治说，“这一周，每一次吃饭时它都被赶了出去，就是因为它爱捕苍蝇。每次提摩西突然捕苍蝇，爸爸就会暴跳如雷。”

“可怜的提摩西。”安一边说着，一边拍了拍提摩西那有着乱蓬蓬毛发的后背，“提摩西，等家里只有我

们几个的时候，你想怎么捕苍蝇就怎么捕。”

“汪汪！”提摩西感激地叫着。

“这个假期我们没有时间探险了。”狄克不无遗憾地说。大伙沿着一条小路往柯林雅舍走去。道路两旁，鲜红的虞美人花[①]摇曳多姿，远处，大海像矢车菊一般湛蓝纯净。“只能待两周，然后就得回学校！真希望天气一直这样好，我要一天游六次泳！”

很快，一行人就围坐在柯林雅舍的茶桌前。范妮婶婶给他们端上了一盘盘碟子，里面盛着她最拿手的司康饼和其他茶点。再次见到侄儿侄女们，她非常高兴。

“这下乔治可开心了。”她笑意盈盈地看着四个孩子狼吞虎咽，说道，“之前一两周，她像一只头痛发作的病熊一样，情绪可糟糕啦。狄克，再来一块司康饼吧，想吃就多吃两块。”

“好主意。”狄克一边说，一边去拿司康饼，“范妮婶婶，没有人糕点做得像您这样好吃。咦，昆丁叔叔在哪儿呢？”

“在书房呢。”婶婶说，“他知道这是茶点时间，他

① 虞美人花英文名为 red poppy 或 corn poppy，属罂粟科，色彩鲜艳。一战后，这种花逐渐成为纪念阵亡士兵的象征物。——译者注

肯定听到了铃声，但是我知道他在埋头做事。我等会去把他叫过来。我就知道，如果我不把他拽到餐厅来，他一整天都用不着吃饭。”

“他来了。”朱利安说，他听到了那熟悉的不耐烦的脚步声，那声音从大厅传来，到了餐厅。门砰的一声打开了。昆丁叔叔站在门口，怒气冲冲，手上拿着一份报纸。他似乎根本就没有瞧见孩子们。

“范妮，看看这！”他大声嚷嚷着，“瞧瞧他们在报纸上写了什么，专挑我不准许的东西写！这些笨蛋！傻瓜！蠢……”

“昆丁，出什么事啦？”范妮婶婶打断了他，“瞧——孩子们都在这——他们刚到。”

但是昆丁叔叔显然根本就没有看孩子们一眼。他仍在怒视着报纸，还用手敲打着那张报纸。

“我们家马上就会挤满记者，他们想知道我最新的想法！”他大叫起来，“看看他们写了什么！‘这位杰出的科学家在柯林雅舍的家中做出了所有的实验。这一摞是他的笔记本，现在又多了两本，写满了他去美国访问的成果。在他的小屋里，还贴满了那些令人惊叹的图表。’”

“我告诉你，范妮，我们家到时候会被记者围得水

泄不通。”

“不，我们不会的，亲爱的。”范妮婶婶安慰他，“不管怎么说，我们马上要去西班牙了。坐下来喝杯茶吧。看，朱利安、狄克、安都来了，你难道不想说点什么表示欢迎吗？”

昆丁叔叔嘟嘟囔囔地坐下。“我根本不知道他们会来。”他一边说着，一边吃了一块司康饼，“范妮，你早应该告诉我的。”

“我昨天就告诉你三回了，今天又告诉你两回了。”范妮婶婶说。

安刚好坐在昆丁叔叔旁边，她突然伸手捏了捏他的胳膊。“昆丁叔叔，您还是老样子。”她说，“您从来就不记得我们要来！要不我们回去算了？”

昆丁叔叔看了看她，笑了。他的暴脾气从来不会持续太久。他咧开嘴朝朱利安和狄克笑了笑。“嗯，你们又来了！”他说，“当我和婶婶不在家时，你们能帮我们看家吗？”

“当然！”三个孩子异口同声地说。

“我们会把每个人都挡在门外！”朱利安说，“有提摩西在，我会加上一条告示：‘小心！内有恶犬。’”

“汪汪！”提摩西叫了一声，听起来很开心的样

子。它的尾巴耷拉在地上。一只苍蝇从它鼻子旁飞过，它立马就扑过去。昆丁叔叔皱起了眉。

“再来一块司康饼吧，爸爸？”乔治赶忙说，“你和妈妈什么时候去西班牙？”

“明天。”她的妈妈非常肯定地说，“昆丁，不要做出那副表情。你清清楚楚地知道，这几周我都在忙着这个度假计划，你真的需要一个假期。如果我们明天还不走，所有的计划就会泡汤。”

“嗯，你早该提醒我明天出发的。”昆丁叔叔说，一副怒气冲冲的样子，“我的意思是，我还要收拾我所有的笔记本，我还要……”

“昆丁，我已经告诉你无数次了，我们在九月三号出发。”范妮婶婶用更加坚定的口吻说，“我也想要一个假期。这四个孩子和提摩西待在家里完全没有问题——他们也喜欢自己待着。朱利安现在是个小大人了，不管出现什么事情，他完全能够应付。”

提摩西又捕了两次苍蝇，惹得昆丁叔叔跳了起来。“要是它再敢捕一次……”他刚开口，范妮婶婶就立刻打断了他。

“瞧瞧你！神经兮兮，紧紧张张。昆丁，去度假对你好处多多，孩子们也能开开心心地玩两个星期。

什么事情都不会发生。你得下定决心明天就走！放轻松点。”

什么事情都不会发生吗？范妮婶婶可真是大错特错。当只剩下五个小侦探时，一切皆有可能发生。

想想吧

1. 乔治喜欢她的本名吗？

2. 小伙伴们喜欢和昆丁叔叔在一起吗？

3. 昆丁叔叔和范妮婶婶准备哪一天出发去度假呢？

第二章　海滩偶遇不速之客

第二天到了，可是让昆丁叔叔走出家门，真是一件极其艰难的事情。他一直把自己关在书房，整理他那些视若珍宝的笔记本。出租车已经到了大门口，司机不停地按着喇叭。范妮婶婶早就做好了出发的准备。她赶紧上楼去，猛敲书房的门。

“昆丁！快把门打开！你必须赶紧出来。如果现在不出发，我们就赶不上飞机了！”

“马上！”昆丁叔叔大声回答。范妮婶婶无奈地看着四个孩子，绝望极了。

“‘马上’这个词他都说了四遍了。”乔治说。就在这时，电话铃声猛地响起来，乔治拿起听筒。

“喂。”她说，“抱歉，恐怕你见不到他。他去西班牙了，没有人知道接下来两周他具体在哪儿。什么？稍等——我问问我妈妈。”

“谁啊？”她的妈妈问。

“是《号角日报》的人。”乔治说，“他们想派一名记者过来采访爸爸。我告诉他们，爸爸已经去西班牙了——他们问是否可以报道这事。”

“当然可以。”她的妈妈高兴地说，“一旦见报，就没有人再打电话来打扰你们了。告诉他们可以，乔治。”

乔治回复了对方。出租车又发出了嘟嘟的叫唤声，比之前更响亮，提摩西冲着这声音狂吠。书房的门砰地打开了，昆丁叔叔站在门口，脸色铁青。

“为什么我在干重要事情的时候就不能有片刻的安静呢？”他很生气。他的妻子冲过去，把他拖到大厅。她把一顶帽子塞到他手里，若不是他拎着一个沉甸甸的公文包，她还想把手杖塞到他另外一只手里。

“你没有在做什么重要的工作，你马上就要出发度假了。”她说，“噢，昆丁，你手上拿的那个公文包是什么？你该不会把工作上的事一直带在身边吧？”

出租车又嘟嘟叫了起来。提摩西在昆丁叔叔身后汪汪地叫唤。电话铃声又响了起来，提摩西猛地跳了起来。

“爸爸，又有记者要来采访你。”乔治说，“赶快

走吧！”

没有人知道是否是这条消息让昆丁叔叔终于下定决心离开，反正不到两秒钟，他就已经坐进了出租车，手里还紧紧地攥着那个公文包。他向出租车司机抱怨，说他不喜欢一直按喇叭的人。

“亲爱的孩子们，再见啦！”范妮婶婶高兴地向孩子们道别，“千万别捣乱！终于出发了！”

出租车消失在小道尽头。“可怜的妈妈！”乔治说，“他们出去度假的时候，总是这样。嗯，有一件事是确定的——我绝对不会嫁给科学家。”

想到昆丁叔叔终于离开了，每个人都长舒了一口气。当他埋头工作时，真是不可理喻。

“可是，像他那样聪明的人，人们总会谅解的。”朱利安说，“每当我们学校的科学老师谈起他时，总是流露出一副钦佩的神情。更糟糕的是，他希望我也成为一个优秀的人，因为我有一位优秀的叔叔。”

“是啊，要想像聪明的亲戚那样，是一件很难的事情。”狄克说，“好啦——终于只有我们几个人在家了。当然，还有乔安娜在，好脾气的乔安娜！她肯定会给我们做一些好吃的。”

“我们去问问她有没有给我们准备什么吃的。”乔

治说，“我饿了。”

“我也是。”狄克说。他们从大厅向厨房走去，去找乔安娜。

“你们不说，我也知道你们来干什么。”乔安娜微笑着说，她是一个好脾气的厨娘，“告诉你们——橱柜已经被锁上了。”

“噢，乔安娜，你这样做也太小气了！”狄克说。

“不管小气不小气，你们四个都在时，我只能这样做，更别提那条贪吃的大狗了。”乔安娜一边说，一边用力地揉面团，“上个假期，我把一个肉饼、半条牛舌、一块樱桃馅饼和一块葡萄酒蛋糕[①]留在架子上，准备第二天用。结果，我才出去半天，回来后什么都没有了。”

“嗯，我们以为那是你留给我们的晚餐。”朱利安说，听起来很委屈的样子。

“好吧——不过，不会再有第二回了。”乔安娜坚定地说，“我会一直把橱柜的门锁上。也许，我会偶尔打开门，给你们一点零食——但是，开门的人是我，不是你们。”

① 一种由蛋糕和水果制成的冷甜点，上面浇上葡萄酒和果冻，还覆盖一层蛋奶冻和奶油。——译者注

四个孩子缓缓地走出厨房，失望极了，提摩西紧跟在他们身后。“我们出去游泳吧。”狄克提议，“如果我一天要游六次泳，那得赶紧游第一次了。”

“我去摘一些熟李子。”安说，“我们可以带着李子去海边。我希望卖冰激凌的伙计也在沙滩，这样我们就不会挨饿了！我们最好在泳衣外面再套上上衣和短裤，这样就不会晒伤。”

很快，一行人就来到了沙滩。他们找到了一个好地方，挖了几个坑，舒舒服服地坐了进去。提摩西也挖了一个坑。

“我真搞不懂提摩西为什么还要费劲挖一个坑。”乔治说，“它迟早会挤到我的坑里来的。是不是啊，提摩西？”

提摩西摇晃着尾巴。它用力地刨坑，弄得大家一身沙子。“呸！”安吐出嘴里的沙子，“快停下！提摩西！我才刚挖好坑，你就把坑填平了。”

提摩西停下来舔了舔她，然后又开始继续刨。它刨了一个很深的沙坑，躺了进去。它喘着气，嘴张着，好像在笑。

“它又在笑了！”安说，“除了提摩西，我还没见过其他狗会笑。提摩西，又和你在一起了，真好！”

“汪汪。”提摩西礼貌地叫唤起来，好像在说，它也很高兴再次见到安和其他小伙伴。它摇了摇尾巴，甩了狄克一身沙子。

大伙都舒舒服服地躺在暖暖和和的沙坑里。“我们先吃李子，然后去游泳。”狄克说，“安，扔个李子给我。”

这时，两个人沿着沙滩慢慢走过来。狄克眯缝着眼睛看着他们，发现是一个男孩和一个男人。那个男孩邋里邋遢的，像个流浪儿。他穿着一条又脏又破的短裤和一件脏兮兮的运动衫。

那个男人看起来更糟糕。他无精打采地走着，拖拉着腿。他留着乱蓬蓬的小胡子，一双贼溜溜的眼睛打量着整个海滩。他们沿着高潮水位线走着，显然是在寻找海浪冲上来的东西。男孩已经找到了一个旧盒子、一双湿鞋子，胳膊下还夹着几块木头。

“真是一对啊！”狄克对朱利安说，“我希望他们不要走近我们。我觉得我从这里好像都能闻到他们的气味。”

那两个人沿着沙滩走远了，然后又回转过来。让孩子们害怕的事情还是发生了，那两个人直直地朝他们躺着的沙坑走了过来，然后居然紧挨着他们坐下。

提摩西朝这两个人狂吠。

那个男孩没有理会提摩西的叫声，但是那个男人看起来紧张不安。

“走——咱们游泳去。”朱利安说。这两个人坐得离他们这么近，他很恼火。沙滩这么大，随便怎么坐——为什么非要紧贴着别人呢？

当他们游泳回来，男人已经不见了，但是男孩还在那里——还偏偏坐在乔治挖的沙坑。

“走开。”乔治说，她的脾气立马就上来了，“你该清楚，那是我的位置。”

“谁找到就是谁的。”男孩阴阳怪气地说，“现在这个位置是我的。”

乔治弯下腰，强行把男孩拉出坑。男孩立马站了起来，握紧了拳头。乔治也握紧了拳头。

狄克飞奔过来。“好了，乔治——如果非要和他干上一仗，我来。”他说着，转向那个怒气冲冲的男孩。“走开！我们不想在这里见到你！”

男孩突然挥出右拳，砸在狄克的下颌骨上。这一拳狄克完全没有防备，他大吃一惊，也挥出一拳，直接把那个蓬头垢面的男孩打飞。

“哼，胆小鬼！”男孩一边说，一边揉着下巴，

“欺负比你小的人！我只和刚才那个小孩打，我不和你打！”

“你不能和‘他’打！”狄克说，“‘他’是个女孩。你不能打女孩，女孩也不能打架。”

“去你的！”那个脏兮兮的小流浪儿站了起来，又握紧了双拳，“你看清楚——我也是个女孩，所以我可以打她，怎么不能打？”

乔治和小流浪儿怒视着对方，两个人都紧握双拳。她们看起来惊人地相似——都是短短的鬈发，棕色的脸上都长着雀斑，表情都恶狠狠的。朱利安突然大笑起来，他用力把俩人分开。

“不准打架！”朱利安说，他转向小流浪儿。“走开！”他命令道，“你听到了吗？走开——快走！”

小流浪儿盯着他，然后突然放声大哭，她哭叫着跑开了。

“的确是个女孩。”狄克说，听到她的哭号声，他笑了。“她真有胆量，敢这样直面我。我们应该不会再见到她了！”

但是他错了。他们还会再见面！

想想吧

1. 海滩边那个小流浪儿在做什么？
2. 小流浪儿抢别人沙坑的做法对吗？
3. 朱利安看到乔治和小流浪儿准备打架，为什么反而大笑起来？

第三章　窗边的人脸

几个小伙伴再次舒舒服服地躺到了沙坑里。狄克摸了摸下颌骨。“这个流浪的小丫头下手真狠！”他的口气中竟带着半分钦佩，“真是个小恶魔！人小鬼大！”

“我真不明白，朱利安为什么不让我和她干上一仗？”乔治闷闷不乐，“她抢了我的沙坑——她就是故意捣蛋的！她真有胆子！”

“你不能打架。”狄克说，“别傻了，乔治。我知道你想证明你和男孩一样厉害。你穿得像个男孩样，还像男孩一样爬树——但是，你真该放弃自己是个男孩的念头。”

这番言论让乔治一点也不满。“哼，不管怎么说，我挨了揍的话，可不会号啕大哭的。”她生气地转过身，背对着狄克。

“你当然不会。”狄克说，“你和男孩一样胆大——比一般孩子还要勇敢。我很后悔刚才打了她，这是我第一次和女孩打架，我希望也是最后一次。”

“我真高兴你打了她。”乔治说，“她是一个可恶的小兔崽子。要是我再见到她，我就这么骂她。”

“别，千万别这样！”狄克说，“只要我在这，不准这么说！我刚才打了她，她已经受到了惩罚。”

“别吵了！你们两个别吵了！”安说着，给他们两人身上扬了一把沙子。“乔治，别生气了，好吗？我们在这里就待两周，千万不要把时间浪费在生气吵架上。”

“卖冰激凌的人来了。”朱利安说，他坐起来，把手伸进泳裤的防水口袋里掏钱。“我们每个人都来一个吧。”

“汪汪！”提摩西叫唤着，尾巴拍打着沙子。

“好啦好啦，给你也买一个。”狄克说，“虽然我搞不懂给你吃冰激凌有什么意义。你就舔一下，然后就一口吞进去，估计苍蝇和冰激凌对你来说都是一个口味。”

提摩西一口就把它那份冰激凌吞了下去，然后，它跑到乔治的沙坑里，紧贴着她，希望舔一口她的冰

激凌，但是乔治把它推开了。

“不行，提摩西，给你吃冰激凌太浪费了！你别想吃我的！快回你自己的沙坑——你这样贴着我好热！”

提摩西顺从地爬了出来，钻到安的沙坑。安给它尝了一口她的冰激凌。提摩西在安身旁大口喘气，用渴望的眼神看着剩余的冰激凌。“你呼出的热气都要把冰激凌融化了。”安说，“去朱利安的洞里吧。”

几个小伙伴懒洋洋地度过了一个上午。他们几个都没有戴手表，结果回去得太早，还不到午饭时间，被乔安娜赶了出来。

“你们怎么十二点十分就回来啦，午饭要一点呢！”她责备说，“我还没有做完家务呢！”

“嗯，我们以为到一点了。”发现还要等很长一段时间才能吃饭，安失望地说。不过，当开餐时间到了，他们发现乔安娜对他们真不错。

“冷盘火腿和牛舌、冷烤豆、甜菜根，从菜园里现摘的新鲜生菜、番茄、黄瓜，还有煮鸡蛋！”安开心地报菜名。

“正是我喜欢的！”狄克说着，坐了下来，“有什么甜点吗？”

“甜点都在餐柜呢。”安说，“有弹力十足的果味牛奶冻、新鲜的水果沙拉、果冻。我正好饿了，可以美美地吃一顿。”

“不要再给提摩西喂火腿和牛舌！”乔安娜警告乔治，“我给它准备了一根美味的骨头。过来，提摩西！”

提摩西对“骨头”这个词再熟悉不过了。它立刻跟在乔安娜身后，一路小跑，大厅里响起它的脚步声。孩子们听到乔安娜拿骨头给它吃，还亲昵地和它说话。

“乔安娜是个好人。”狄克说，“她和提摩西一样——口凶心软[①]。”

“提摩西咬起坏人来可不含糊。”乔治一边说，一边拿了三个番茄，“提摩西咬坏人这一手不知帮了我们多少回了。”

大家不紧不慢地吃着，回想起过去那些紧张刺激的冒险——每一次，提摩西那锋利的牙齿都帮了他们大忙。不一会儿，提摩西舔着嘴巴进来了。

“老伙计，别再想吃这里的了！”狄克看着桌上

① 原文的字面意思是吠叫起来比咬起来更凶。——译者注

那些已经空了的餐盘说，“别告诉我你已经把骨头啃完了！”

提摩西当然吃完了。它趴在桌子下，鼻子搁在爪子上。它刚才饱餐了一顿，现在又和它最爱的小伙伴在一起，它开心极了。它把头紧贴着乔治的双脚。

“提摩西，你的胡须弄得我痒痒的。”乔治一边说，一边蹭了蹭裸露在外的脚指头，“谁帮我把番茄递过来？”

“你绝对吃不下了！”安说，“你都已经吃了五个了！”

“都是我家菜园的。”乔治说，“我想吃多少就吃多少。”

午饭过后，小伙伴们又懒洋洋地躺在沙滩上，准备过一会儿再去游泳。这是多么开心的一天啊——天气晴朗，慵懒惬意，他们可以尽情玩闹。

乔治四下张望，想找那个流浪女孩，但她没有出现。乔治感到一丝遗憾，即便不能和那个小女孩干上一仗，和她吵吵架也行。

晚上，上床睡觉时，大家都感到筋疲力尽。朱利安打了一个大大的哈欠，这时，乔安娜拿着一壶热可可和一些饼干走进来。她说她来帮朱利安锁上房门。

“噢，乔安娜，谢谢你。”朱利安立刻说，“不过，锁门是男人的事情，你就交给我吧。我会把每一扇门窗都锁好的。”

“好吧，朱利安。”乔安娜说完，就匆匆往厨房走去。她给厨房的钟上好发条，把炉子里的柴火扒出来，然后上楼睡觉了。孩子们也上楼了，提摩西像往常一样紧跟在乔治身后，只留下朱利安在楼下锁门。

朱利安是一个很负责的男孩，乔安娜知道他会把每一扇窗户都关好的。她听到朱利安试图把食物储藏室的小窗户锁上的声音，就冲着楼下大喊：

“朱利安！那扇窗户好像卡住了，关不紧。你不用管它了！反正那扇窗户那么小，没有人会从那里爬进来的！”

“好的！”朱利安松了一口气，然后上楼。他进房间的时候，打了一个大大的哈欠，把同住一个房间的狄克传染了，狄克也打了一个大大的哈欠。隔壁房间正在换衣服的女孩们听到后，大笑起来。

“朱利安、狄克，半夜即使有贼进来，你们也听不见！”安大喊着，“你们肯定睡得死死的！”

“提摩西会听到的！”朱利安用力地说着，“那是它的职责，不是我的。提摩西，是不是啊？”

“汪汪！”提摩西叫着，爬上了乔治的床。它总是蜷缩在乔治的膝弯旁睡觉。乔治的妈妈之前一直说不许乔治带提摩西上床睡觉，不过后来放弃了。正如乔治所说，即使她同意不让提摩西上床，提摩西也不情愿啊！

孩子们上床不到五秒钟就睡着了。除了迷迷糊糊互道晚安，大家在床上什么也没有聊。提摩西也躺下了，它把头枕在乔治的腿上，发出轻微的呼噜声。提摩西有点重，但是乔治喜欢这样，她伸出手，轻轻抚摸提摩西。提摩西隔着被子舔了舔乔治的腿。在这个世界上，提摩西最喜欢的人就是乔治。

这个夜晚，外面一片漆黑。厚厚的云层压下来，遮住了所有的星星。四周安静极了，只听得到林间的风声和远处的海浪声，这两种声音交织在一起，难以分辨。

没有别的声音——就连猫头鹰呼唤配偶的声音也听不到，就连刺猬在沟渠里爬动的声音也听不到。

那么，是什么惊醒了提摩西呢？为什么它先睁开一只眼睛，接着又睁开另外一只眼睛？为什么它竖起耳朵，静静地躺在那里聆听呢？一开始，它连头都没有抬，只是安静地躺着，听着黑夜中的响动。

终于，它小心翼翼地抬起头。它像猫咪一样悄无声息地滑下床，穿过房间，走出门。它下了楼，进入大厅，它的爪子在地砖上发出声响。但是没有人听到提摩西的响动，房间里的所有人都睡得很沉。

提摩西在大厅停下来，它竖起耳朵。它很清楚自己听到了什么。是哪里有老鼠吗？它抬起鼻子嗅了嗅。

突然，它全身僵住了，仿佛变成了一尊石雕。有什么东西正在爬墙。先是一阵刮擦声，接着传来窸窸窣窣的声音！老鼠能发出这么大的声响吗？

楼上，安躺在床上，不知怎么突然醒了。她有点口渴，想去喝水。她摸索到了手电筒，打开了开关。

手电筒光映照在窗户上。安看到了什么，吓得魂飞魄散。她尖叫起来，吓得连手电筒都掉了。乔治立刻醒了。提摩西也赶紧蹿了上来。

“朱利安！”安哭喊着，“快来！我在窗户上看到了一张脸，一张非常非常可怕的脸，正盯着我呢！”

乔治冲到窗边，打开了安的手电筒。窗户外边什么也没有。提摩西紧跟着乔治。它在打开的窗边嗅了嗅，然后咆哮起来。

“听——我能听到外面小路上有人逃跑的声音。”

朱利安说，他和狄克此时赶到了窗边。“提摩西，快下楼去追上他！”

大伙全都下了楼，包括安在内。他们猛地推开大门，提摩西狂吠着冲了出去。窗边的人脸是谁？提摩西将很快找到答案。

想想吧

1. 朱利安为什么没有锁上食物储藏室的窗户呢？

2. 提摩西为什么不叫醒大家？

3. 安看到了什么景象而吓一大跳呢？

第四章　第二天

四个小伙伴在打开的大门口等待着，他们听到远处传来提摩西愤怒的咆哮声。安浑身颤抖，朱利安揽着她的肩膀，一直在安慰她。

“那张可怕的脸长什么样？”他问。安在他的怀里发抖。

“我没有看清。”安说，“我当时刚把手电筒打开，光束刚好照到旁边的窗户上——照在一张脸上。那个人有一双凶恶的眼睛，闪着寒光——噢，我当时吓坏了！”

“然后就消失了吗？”朱利安问。

“我不知道。”安说，“我吓坏了，手电筒都掉了，灯也灭了。后来乔治醒了，冲到了窗边。”

“那时提摩西究竟在哪呢？”狄克说。他突然感到非常意外——提摩西居然没有叫醒大家。提摩西是不

是听到了那个人爬上窗户的声音？

“我不知道。我尖叫时，提摩西冲进了卧室。”安说，“也许它早就听到了响动，下楼去一探究竟了。”

“也许是这样。”朱利安说，“安，没关系。我猜，也许那个人是个流浪汉。他看到楼下所有的门窗都锁紧了，就顺着常春藤爬了上来，想看看能否从卧室进来。提摩西会抓住他的，放心。”

但是提摩西没有抓到那个人。不一会儿，它就回来了。它的尾巴耷拉着，神情困惑。“提摩西，你没有追上那个人吗？”乔治焦急地问。

“汪汪！”提摩西伤心地叫唤了两声，尾巴依旧耷拉着。乔治摸了摸它，发现它浑身湿透了。

“天哪！你去哪里了？怎么搞得全身湿透了？”乔治惊讶地问，“狄克，你来摸一摸。”

狄克摸了摸提摩西，其他人也摸了摸。“它去过海里，”朱利安说，“所以才这么湿。我猜那个贼，或者流浪汉什么的，肯定往沙滩的方向逃走了。他知道提摩西在追他，就跳上了船！这是他逃跑的唯一方式！”

“提摩西肯定追着那个人游了好远，直到追不动了。”乔治说，“可怜的提摩西，你跟丢了那个人，

对吗？”

提摩西轻轻摇晃了一下尾巴，它沮丧极了。它早就听到了响动，却以为是老鼠，结果，那个人就在它眼皮底下逃走了。提摩西十分羞愧。

朱利安关上前门，插上门闩，还把防盗链也拉上。“我想，那个人短时间内不会来了。”他说，“他知道这里有狗，肯定会远离这，我们不用担心。”

他们再次回到床上。朱利安好长时间都难以入眠。尽管他安慰别人不要担心，但是他自己却忧心忡忡。安受到了惊吓，这让朱利安不好受，另外，那个贼胆大包天，居然想爬进卧室，这一点也让朱利安很担心。那个贼一定是铁了心要进屋。

尽管小伙伴们受到了惊扰，但是厨娘乔安娜却睡得十分香甜，完全没有受到影响。朱利安不想去叫醒她。“别去叫她。”他说，“不要告诉她这件事。否则她会给昆丁叔叔发电报，或者做些别的什么。”

第二天早上，乔安娜在厨房煎培根、鸡蛋、番茄，孩子们听到她一边哼着歌一边给大家做早餐，显然对前一晚发生的事情一无所知。

安醒来后，想起昨晚大惊小怪的样子，感到非常羞愧。此时，那张脸在她的记忆中已经变得模糊了。

她有点怀疑自己是否做了一场梦。她问朱利安，自己昨晚是不是做了一场噩梦。

“很有可能。”朱利安高兴地说。听到安这样想，他感到很欣慰。“肯定是一场噩梦！如果我是你，我就不去东想西想了。”

其实，朱利安已经检查过窗外那丛茂密的常春藤，他发现了昨天晚上那个贼留下的清晰的痕迹。一部分原本紧贴着墙的常春藤掉了下来，窗户下边散落着常春藤叶子。他没有和安讲这些，但是把他所看到的都指给了狄克看。

“真的有贼！”他说，“这个贼胆大包天，居然敢这样爬上窗户！是个翻墙入室、身手敏捷的飞贼！”

花园里没有任何脚印，地面又干又硬，朱利安并不指望能找到什么。

又是晴朗的好天气。“我提议，我们还是像昨天那样，去海边游泳吧。”狄克说，“如果乔安娜提前帮我们准备午餐，我们还可以在外面野餐呢。”

“我帮她去准备。”安说着，和乔治去找乔安娜要了一些三明治和小面包。不一会儿，大家就忙着给一顿丰盛的午餐打包。

“我想，这都够十二个人吃了！”乔安娜笑着

说，“这里还有一瓶我自己做的柠檬水，再拿点熟李子，想拿多少就拿多少。我今晚就不给你们准备晚餐了——吃了这顿午餐后，你们也吃不下晚餐了。”

乔治和安惊讶地看着乔安娜。没有晚餐?！她们发现她眼里闪着狡黠的光，原来她在逗大家，她们笑了起来。

“我们走之前会铺好床，整理好房间的。”安说，“需要我们从村子里给你带点什么回来吗?”

“今天不用。你们赶快把你们的活干了，然后去海滩吧。”乔安娜说，“今天我难得清净，我真高兴啊！我要把食物柜、客厅的橱柜和碗碟柜全部关上，好好享受这份安静。”

大伙出发去海滩，他们笑着闹着，非常开心。安似乎完全把昨晚的事情忘在脑后了。即使她偶尔想起，眼前发生的趣事也把那不好的回忆一扫而光了。

那个流浪小女孩又来海滩了！她一个人在那，身旁不见她那个令人讨厌的老爹，也许不是她老爹，管他是谁呢。

乔治第一个发现她，脸立刻阴沉下来。朱利安先是看到乔治一副很不高兴的样子，后来看到了那个女孩，他立刻有了主意。他执意带大伙到另一个地

方去，那里的沙滩上怪石嶙峋，还有许多清澈的潮水潭。

“我们今天就在这里玩吧。”朱利安说，“天太热了，我们可以在岩石下面乘凉。怎么样？”

“行吧。”乔治说，她还是闷闷不乐，但看到朱利安那副认真较劲的样子，她又感到有点好笑。“别担心，我不会对那个臭丫头做什么。”

“这样我就放心了。”朱利安说。他们早就拐了个弯，现在看不到那个女孩了。巨大的岩石在他们身后高高耸立，环绕着他们，既帮他们遮阳，又帮他们挡风。朱利安在一个角落里坐下来。

“我们先看一会儿书，再去游泳吧。”狄克说，“我带了一本侦探小说。我一定要弄清楚谁是那个小偷。”

狄克舒舒服服地坐了下来。安去潮水潭寻找海葵，她很喜欢这种浑身长满“花瓣”的生物，它们看起来像植物，却不是植物。她喜欢喂它们吃饼干，看它们花瓣似的触手慢慢靠近饼干屑，然后迅速把饼干屑卷入口中。

乔治躺下来，温柔地抚摩着提摩西。朱利安正在对着周围的岩石和潮水潭画速写。真是安宁惬意的时光啊！

突然，什么东西落到了乔治的腰上，吓了她一大跳。她坐起来，提摩西也坐起来。

“什么东西？”乔治生气地喊道，“狄克，是你扔了什么东西吗？”

“不是。”狄克说。他仍然目不转睛地盯着书看。

又有什么砸到了乔治的脖子后面。乔治惊呼着举起手。“怎么回事？谁在砸我？”

乔治环顾四周，想看看是什么东西砸到了她。沙滩上有一个圆圆的小东西。乔治捡起来看了看。“咦，怎么会是一枚西梅果核？”正说着，突然，砰的一声，又有一枚果核砸到了她的肩膀。她气得跳了起来。

乔治看不到是谁在砸她。她想等下一枚果核飞来，但是却迟迟不来。

“乔治，我真希望把你的表情画下来。”朱利安嘻笑着说，“我从来没有见过这样气急败坏的神情——哎哟！”

这声“哎哟”和乔治没有什么关系，可不是乔治搞的鬼。又一枚果核袭来，正好砸到了朱利安的耳朵后面，吓得他也跳了起来。一阵忍不住的咯咯笑声从他们身后的岩石传来。乔治立刻爬上了岩架。

岩石后面居然是那个流浪的小女孩！她在岩石上笑得直打滚，口袋里装满的西梅也掉出来一些。她看到了乔治，坐了起来，咧开嘴笑着。

“你想干什么？为什么拿果核砸我们？”乔治质问道。

“我没有砸你们呀。”女孩说。

“别骗人！”乔治很瞧不起她这样，“就是你砸的！”

“我没有，我只是把果核吐出来而已。”这个令人讨厌的女孩说，“看着！”她把一枚果核丢进嘴里，深吸了一口气，然后吐出来。果核朝乔治直飞过来，不偏不倚地砸到了她的鼻子。乔治惊呆了，狄克和朱利安看到这一幕，哈哈大笑起来。

“我敢说我比你们都吐得远。”流浪女孩说，“要不你们拿一些西梅试试。”

“好啊！”狄克不假思索地回答，“如果你赢了，我就给你买个冰激凌。如果我赢了，你就离开这里，不要再来烦我们了。怎么样？”

“好！”女孩说，她的眼中闪烁着光芒，“我肯定会赢！”

想想吧

1. 提摩西为什么没有抓到那个人？

2. 什么东西落到了乔治的腰上，吓了她一大跳？

3. 小朋友们猜猜看，谁会赢得吐果核比赛？

第五章　流浪女孩乔

乔治惊讶地看着狄克。比赛谁把西梅果核吐得更远?

“放心。”朱利安小声对乔治说,“狄克很擅长这种游戏,他会赢的,到时我们就会让那个输了的女孩乖乖离开了。”

“狄克,你真讨厌!”乔治大声说,“太讨厌了!”

“是谁去年和我比赛吐樱桃核,还想赢我的?”狄克反驳道,“乔治,你可别得意!”

这时,安从潮水潭边慢悠悠地走回来,她不明白其他人为什么都到了岩石上。突然,西梅果核像雨点一样砸落到她周围。安惊呆了,停住了脚步。不会是其他小伙伴扔的吧?一枚果核突然砸到了她没有袖子遮盖的胳膊上,吓得她尖叫起来。

流浪小女孩轻轻松松地赢了比赛。她的果核至少

要比狄克的远出三英尺。她躺在地上大笑起来，露出了白白的、亮晶晶的牙齿。

“你欠我一根冰激凌！”她的声音听起来像唱歌，朱利安怀疑她是威尔士人。[1]狄克吃惊地看着她，佩服她居然能把果核吐这么远！

“我会给你买冰激凌的，别担心！”狄克说，“没有人打败过我，就连学校里那个有着一张超级大嘴的史蒂文斯也没有赢过我。”

“我觉得你太讨厌了！”安说，“快去给她买冰激凌，让她赶快回家吧。”

“我就想在这里吃。”女孩说，神情突然变得倔强执拗起来，那模样就和乔治想得到她得不到的东西时一模一样。

“你现在看起来就和乔治一样！”狄克说，他刚一说完就后悔了。乔治盯着他，气坏了！

“什么?！那个肮脏、粗鲁、头发都粘在一块的臭丫头像我?！”乔治气冲冲地说，“呸！我压根都不想靠近她！”

“别说了！”狄克突然说。那个女孩惊讶地看

① 威尔士人发音富有韵律，说话像唱歌一样。——译者注

着他。

“她说什么？”她问狄克，“我脏？不过你也和我一样粗鲁！”

“卖冰激凌的人来了。”朱利安赶忙说，他生怕暴脾气的乔治会冲到那个女孩身边和她打一架。他朝卖冰激凌的小贩吹了吹口哨，那个人走到岩石这边，给他们拿了六个冰激凌。

“给你。”朱利安一边说，一边把一个冰激凌递给那个女孩，“吃完就走吧。”

他们都坐下来吃冰激凌。乔治仍然闷闷不乐，提摩西像往常一样一口就把冰激凌咽下肚。“看——它就吃完了！”那个女孩感到很惊奇，“太浪费了！伙计，过来，尝一口我的！”

提摩西把女孩扔过来的冰激凌一舔而尽，这让乔治非常恼火！提摩西怎么可以接受这个人的东西？

狄克看着这个头发粘在一起、目光犀利的女孩，觉得她既古怪，又大胆，不禁笑了起来。突然，他看到了什么，这让他感到很不舒服。

在那个女孩的下巴上，有一块很大的淤青。“我说，”狄克问，“你下巴上的伤不是昨天我打的吧？”

“什么伤？噢，下巴这里吗？”女孩说着摸了摸下

巴，“对的，就是你昨天打的。不过没有关系，我爸爸下手比这重多了。”

“对不起，我不该打你。”狄克不好意思地说，“我是说真的。对了，你叫什么名字啊？”

“乔。”女孩说。

“可那是男孩的名字啊。”狄克说。

“乔治也是男孩的名字啊，可你们都说她是个女孩。”乔说着，把粘在手指上的一点冰激凌舔了干净。

“没错，可是乔治是乔治娜的简称。”安说，“那你的全名是什么？”

“我也不知道。”乔说，“我从来没有听说过。我只知道我是个女孩，我的名字是乔。”

“也许是约瑟芬的简称。”[①] 大家都盯着这个可能叫约瑟芬的女孩。乔这个名字可能会更适合她，而约瑟芬这个名字又长又优雅，并不适合她。

“真奇怪！”安忍不住开口道，“乔治，乔和你还真的很像！你们都留着短短的鬈发——不过乔的头发脏兮兮的、乱糟糟的——除此之外，你们脸上都有好多雀斑，你们的鼻子都微微上翘……”

① 乔的英文原文为 Jo，约瑟芬的英文原文为 Josephine。——译者注

“就连抬下巴的动作、生气的神情、瞪着别人看的样子也是一模一样的！”狄克说。乔治听到这些话，脸色非常难看，她根本不喜欢别人这样拿她和乔比较。

“嗯，好吧，我可没有她那样又脏又……”她生气地说，话没有说完，狄克打断了她。

“她可能只是没有肥皂或梳子之类的东西。要是有的话，她就会干干净净的了。乔治，不要那样刻薄。”

乔治转过身。狄克怎么会帮那个臭丫头说话？

“她还不走吗？”乔治问，“还是要一整天都黏着我们啊？”

“我想什么时候走就什么时候走！”乔一脸怒容，那神情和乔治简直一模一样。朱利安和狄克不禁大笑起来。乔也笑了，但是乔治却愤怒地握紧双拳。安在一旁不安地看着，她希望乔赶紧走，希望一切恢复平静。

“我喜欢那条狗。”乔突然说。她弯下腰来，用她那棕色的“爪子”拍了拍提摩西。提摩西正好躺在乔治旁边，乔治猛地转过身。

“别碰我的狗！”乔治叫道，“它也不喜欢你！”

“不，它喜欢我。”乔说出的话让大家都感到惊讶，

“所有的小狗小猫都喜欢我。我很容易就能让你的小狗到我跟前来。”

“那你就试试。”乔治轻蔑地说，“它才不会理你呢！提摩西，是不是啊？”

乔没有动。她的喉咙里突然发出一阵奇怪的、轻轻的呜咽声，就像一只被抛弃的小狗在叫唤。提摩西立刻竖起了耳朵，好奇地看着乔。乔停止了发声，向提摩西伸出了一只手。

提摩西看了看那只手，转过脸去——但是，当它又听到那呜咽声时，它站了起来，仔细地听着。它目不转睛地看着乔，疑惑不已：这是怎样的一个神仙女孩啊？怎么会说它的语言呢？

乔突然脸朝地趴着，继续发出轻微的呜咽声，那声音听起来就像是一条哀伤的小狗发出的。提摩西朝她走过去，坐在她身边，它侧着头，满脸疑惑。突然，它弯下身，舔了舔乔半遮着的脸。乔立刻坐起来，双臂搂住提摩西的脖子。

“提摩西，过来！”乔治感到很嫉妒。提摩西挣脱了乔的胳膊，立刻回到了乔治身边。

乔哈哈大笑起来。

“看到了吗？我能让它过来舔我！任何狗狗我都能

做到！”

“你是怎么做到的？”狄克好奇地问。他还从来没有见过提摩西和乔治讨厌的人交朋友。

“说真的，我也不知道。”她坐直了身，把头发往后捋了捋，“我觉得这是我妈妈遗传给我的。她之前在马戏团工作，专门训练狗狗表演跳环。我们养了好几十只狗狗，它们非常可爱，我可喜欢它们啦！”

“你的妈妈呢？”朱利安问，“还在马戏团吗？”

“不在了，她去世了。”乔说，“后来我和我爸爸离开了马戏团，我们住进了一个大篷车。爸爸之前是一个杂技演员，后来他的脚受伤了。”

四个孩子想起了那个男人拖拉着腿走路的样子。他们都看着眼前这个脏兮兮的小女孩乔，没有说话。她一定过着不同寻常的生活！

“她很脏，而且可能非常擅长撒谎、偷盗，但是她胆子真够大。”朱利安暗想，“不过我还是希望她赶紧离开。”

“我真希望我没有打得她受伤。”狄克心想，“她要是洗过澡，梳过头，会是什么样子？看起来只要一点点善意就能帮助到她。”

“我同情她，但是我不怎么喜欢她。”安心想。

“我一点都不相信她说的每一个字！”乔治气鼓鼓地想，“一个字都不信！她就是个骗人精。提摩西居然靠近她，真丢人！真是气死我了！”

“你爸爸呢？”朱利安终于开口道。

“去什么地方见什么人了。”乔含含糊糊地回答，“他走了我可高兴了。他今天早上又发脾气，我只好躲到大篷车下面。”

小伙伴们都沉默了。“今天在我爸爸回来之前，我能和你们待在一起吗？”乔突然问，她的声音又像唱歌一样。“你们要是觉得我脏，我可以去洗一洗。今天就我一个人。”

“不，我们不想和你在一起。”乔治说，那语气像是再也受不了乔了，“对吧，安？”

安不想伤害任何人，她犹豫了一会儿。“嗯。”她终于开口说，“乔最好还是走吧。”

“对的。”朱利安说，“乔，你该走了。你已经和我们待了很久了。”

乔用哀求的眼神看着狄克，她摸了摸下巴上的淤青，仿佛那里还在痛。狄克再次感到不安起来。他看了看其他几个小伙伴。

“你们难道不觉得她可以留下来和我们一起吃野餐

吗？”他说，“毕竟——她也不是故意要搞得这么脏兮兮的，而且……”

“不用了。”乔突然爬了起来，“我要走了，我爸爸来了。”

他们看到远处一个男人拖拉着腿走过来。他看到了乔，吹了一声响亮刺耳的口哨。乔朝几个孩子扮了一个鬼脸，那张脸丑陋、粗鲁、无礼。

“我讨厌你们！”她说，接着她指了指狄克，“我只喜欢他——他很善良。你们几个不好！”

她一溜烟就跑了，像野兔一样蹿过沙地。她赤着脚，轻轻掠过地面。

“真是一个不同寻常的女孩！”朱利安说，“我总感觉我们还会见到她！”

想想吧

1. 狄克为什么有些自责呢？
2. 乔为什么会说狗狗的语言？
3. 几个小伙伴当中，谁对乔最友好？

第六章　夜里发生了什么?

那天晚上，当夜幕降临时，安开始害怕起来。她想起了窗户边的那张脸！

“朱利安，他不会再来了吧，对不对啊？”她问了哥哥好几次。

“不会的，安。如果你不介意的话，我今晚可以和乔治换床睡，这样整个晚上我都可以陪你。”朱利安说。

安想了一会儿，然后摇了摇头。“不用了。我想，今晚我还是和乔治还有提摩西睡在一个房间吧。我的意思是，我、乔治，还有你，可能都会被坏人的脸吓到，但是提摩西不会。它会直接扑上去咬坏人。”

“你说对了。”朱利安说，“提摩西肯定会的。好吧，那我就不陪你了。你放心，今晚不会有事的。如果你愿意的话，我们就把卧室的所有窗户关上，虽然

可能会有点热，但是绝对不可能有人进得来了。”

那天晚上，朱利安不仅像前一天晚上一样把楼下所有的门窗都关上了（除了食物储藏室那扇关不上的窗），还把楼上所有的窗户都关好了。

“乔安娜的窗户关上了吗？”安问。

“不管夏天还是冬天，她总是把窗户关着睡觉的。”朱利安笑着说，“乡下人都这样做，他们认为夜晚的空气是危险的。小傻瓜，现在你什么都不用担心了。”

于是安放心地上床睡觉了。乔治拉上了房间的窗帘，这样，就算那张脸再次出现，她们也看不到！

“朱利安，可以帮我把提摩西放出去吗？”乔治喊道，“安不希望我离开她半步，即便带提摩西出去散步也不行。你只需要把门打开，把提摩西放出去，它散完步后自己就会回来。”

“好的！”朱利安说着，打开了前门。提摩西摇晃着尾巴，小跑着出去了。它喜欢在睡觉之前再去外面嗅上一圈。它喜欢闻一闻刺猬夜间爬行的踪迹；喜欢把鼻子伸进兔子窝，听听里面惊慌的声音；喜欢在茂密的树篱下追踪田鼠留下的迂回曲折的爪印。

“提摩西还没有回来吗？”乔治在楼上大声喊着，“朱利安，叫它回来。我要睡觉了，安也快睡着了。”

“它一会儿就回来了。”朱利安说，他想看完手里的书，“不要担心！”

但是，直到朱利安把书看完，也不见提摩西的踪影。朱利安走到门边吹了一声口哨。他侧耳倾听提摩西跑回来的声音，但是什么也没有听到，他又吹了一声口哨。

这一次，他终于听到了门前的小路上传来了啪嗒啪嗒的脚步声。“噢，提摩西，你终于回来了！”朱利安说，“你干什么去了？抓兔子去了，还是干了别的？”

提摩西无力地摇了摇尾巴。它并没有像往常那样跳到朱利安身上。“提摩西，看起来你像是去胡闹了。”朱利安说，“快上楼吧——睡觉去——要是你夜里听到哪怕一点点响动，要提醒我们噢！”

“汪。”提摩西用非常小的声音叫了一声，然后上楼去了。它爬到乔治的床上，重重地喘了一口气。

“瞧你这气喘的！”乔治说，“提摩西，你吃了什么？呸——你肯定去挖那块烂骨头了吧，我就知道。我真想把你推下床去。我猜，你肯定是突然想起了你好几个月前埋下的那根骨头。唉，你呀你！”

但乔治根本没法推动提摩西，它已经睡着了，它的鼻子像往常那样贴着乔治的双脚。提摩西轻轻打着

呼噜，半个小时后，乔治被它的呼噜声吵醒了。

“提摩西，别打呼噜了。”乔治用脚推了推提摩西。这时，安突然惊醒了。

“乔治，怎么啦？”安轻声问，她的心怦怦直跳。

“没什么，是提摩西打呼噜。你听听，这呼噜声根本停不下来。”乔治感到有点烦躁，“提摩西，醒醒，别打呼噜啦！”

提摩西迷迷糊糊地挪动了一下，又睡着了。它停止了打呼噜，乔治和安很快就睡沉了。朱利安中途醒了一次，他好像听到有什么东西掉了下来。但提摩西轻微的鼾声透过打开的屋门传了过来，朱利安听到这鼾声，便放心了，他也躺下睡着了。

如果刚才那声音真的是盗贼的声音，提摩西早就听到了，这点毫无疑问。乔治总说，提摩西睡觉时，一只耳朵是竖着的，警觉得很。

这一夜，朱利安没有再听到其他声音。到了第二天早上七点，他隐约听见乔安娜下楼的声音，听到她进到厨房，然后听到她在炉边忙活的声音。朱利安翻了一个身，又睡着了。

二十分钟后，他突然被楼下传来的尖叫声惊醒了。他立刻坐了起来，翻身下床，冲到楼下。狄克紧跟在

后面。

“快来看呀！主人的书房被翻了一个底朝天！抽屉全被翻乱了！保险柜也被撬开了！天哪，昨晚谁进来啦？所有的门都锁上了，门闩也插上了！”乔安娜大声喊着。她看着这乱七八糟的房间，紧紧地拧着双手。

“天哪！”狄克惊恐地看着眼前的一幕，“有人进来了，把这里全都翻了一遍！就连保险柜也撬开了，还把里面的抽屉拉出来了。”

“盗贼究竟是怎么进来的？”朱利安百思不得其解。他绕着房子转了一圈，查看门窗。除了厨房门是打开的——乔安娜说那是她下楼时打开的，其他门窗都没有被撬动的痕迹，全都关得好好的。

安也下楼了，看到眼前的情景后她吓坏了。“发生了什么？”她问。但朱利安把她拉到了一边。那个贼究竟是怎样进来的？这是朱利安迫切渴望解决的问题。也许是通过楼上的一扇窗户爬进来的，他想——他昨晚关好窗户后，有人又打开了一扇窗户。会是在女孩的房间吗？

答案是否定的——没有一扇窗户是打开的。楼上所有的窗户都关得好好的，包括乔安娜房间的窗户。

就在朱利安查看乔治的房间时，一个念头突然闪过。提摩西为什么没有汪汪大叫呢？不管那个贼如何轻手轻脚，都会弄出声响啊。他自己半夜就听到了一丝响动，当时还醒来了。但提摩西怎么没有听到呢？

这时，楼上的乔治正在试图把提摩西推下床。“朱利安！朱利安！提摩西不对劲！它到现在也没有醒！”乔治大声喊着，“它还喘着粗气——快来听一听！楼下怎么啦？发生什么事啦？”

朱利安一边查看提摩西，一边简单地给乔治说了一下发生的事情。“昨天夜里有人进来了——你爸爸的书房被搞得乱七八糟——全部翻了个底朝天，保险柜也被撬了。真不知道贼是怎么进来的。”

“太可怕了！”乔治吓得脸色惨白，“提摩西也出事了。昨天夜里贼进来的时候，提摩西根本就没有醒——它病了！朱利安！”

“没有，它没有生病，只是被人下了药。”朱利安拨开了提摩西的眼睑，说道，“怪不得昨晚它在外面溜达了那么久！有人给它喂了肉或是别的什么东西，里面掺了安眠药。提摩西吃了下了药的食物，所以才睡得这么沉，它没有听到一点响动，而且，它到现在也没有醒。”

“噢，朱利安——提摩西不会有事吧？”乔治摸了摸一动不动的提摩西，焦急地问，“提摩西昨晚怎么会吃陌生人给的食物呢？”

“可能它是从地上捡到的——那个贼可能把食物故意扔到地上，希望提摩西上钩。”朱利安说，“现在我搞明白了，为什么提摩西昨晚进屋的时候，显得有点难为情。它都没有跳起来舔我。”

“噢，天哪——提摩西，快醒醒！醒醒吧！”可怜的乔治哀求着。她轻轻推了推提摩西，但是提摩西只是哼哼了几声，就又陷入了酣睡。

“让它睡吧。”朱利安说，“提摩西没事的，它没有中毒，只是被下了药。下楼看看情况吧。”

当乔治看到父亲的书房一片狼藉，吓了一大跳。“他们肯定是想找爸爸从美国带回来的两本笔记本，我敢肯定。”她说，“爸爸说过，世界上其他国家的人都想得到这两本笔记本。我们该怎么办？”

“最好报警。”朱利安脸色凝重，“我们自己没法处理这种事情。你知道你爸爸在西班牙的地址吗？”

“不知道。”乔治哭着说，“爸爸和妈妈说，这次他们要享受一个真正的假期。在他们安顿下来之前，不要给他们寄信。等他们安顿好了，他们才会给我们发

电报，告诉我们地址。”

“好吧，那我们就只能报警了。”朱利安说。尽管他脸色苍白，但却一脸坚定。乔治瞟了他一眼。朱利安好像突然长大了。乔治看到朱利安走出房间，来到客厅，拨通了警局的电话。乔安娜松了一口气。

“对的，报警，这是我们应该做的。”乔安娜说，“警局里有个威尔金斯警官，人很好，还有另外一个脸红红的警官，叫什么来着——唐纳森先生。他们来的时候，我要给他们煮些咖啡。”

想到拿出自己亲手煮的浓香的热咖啡招待两位办案的警察，他们到时肯定会问她很多问题，她非常乐意为他们解答，乔安娜的心情顿时好多了，她赶忙去厨房忙活了。

四个孩子盯着乱糟糟的书房，没有说话。真是满地狼藉啊！书房能被重新收拾好吗？只有等昆丁叔叔回来，才知道到底丢了什么。他肯定会暴跳如雷。

“我真希望没有什么重要的东西被偷走。”狄克说，“好像有人知道这里有珍贵的东西，专程来偷！”

“他可能已经得手了！”朱利安说，“咦，这打招呼的声音，肯定是警察来了！今天要想吃上早饭，可能要等好长时间了！”

当乔治看到父亲的书房一片狼藉，吓了一大跳

想想吧

1. 贼是如何进来的？

2. 到底是谁给提摩西下的药呢？

3. 门外的人真的是警察吗？

第七章　警察来了

警察检查得非常非常认真。还没有到吃午饭的时间，孩子们就已经厌烦了，但是乔安娜并没有。她给警察煮了咖啡，端上了一盘自己亲手做的小面包，还叫安去摘熟李子。作为第一个发现书房失窃的人，她感到很自豪。

来了两位警察。其中一位是警长，他非常严肃，一丝不苟。他把每个孩子都叫来询问，问了他们相同的问题。另外一个警察查看了书房的每个角落，不放过任何细微之处。

“我猜，他们是在寻找指纹。”安说，“天哪，我们什么时候才能出去游泳啊？”

有个问题让每个人都疑惑不解，把警察也难倒了——不管是一人还是多人作案，盗贼到底是怎么进来的？两位警察绕着房子仔细查看，检查了每一扇门

窗，但这些门窗全都关得好好的。他们在食品储藏室的窗户面前站了好久，看了好一会儿。

“我猜，也许是从这里进来的。”其中一个警察说。

“那么盗贼一定长得像瘦猴一样。”另一个警察说，他转向了四个孩子中身材最娇小的安，问道，“小姑娘，你觉得你可以从这里爬进去吗？”

“不能。”安说，“不过如果你想证实一下，我愿意试一试。”于是安试着爬进去，但是还没有爬到一半就被紧紧地卡住了，朱利安不得不用力把她拉下来。

“你知道是什么东西被偷了吗？”警长问朱利安。那天早晨，朱利安看起来俨然像大人一样成熟。

“我不知道，警长先生——我们都不知道。”朱利安说，“就连乔治也不知道，虽然她比我们其他人都更了解她爸爸的工作。我们只知道，前段时间昆丁叔叔去美国讲学，带回了两本笔记本，里面都是珍贵的图表和文字。昆丁叔叔确实说过，其他国家的人都很想得到这些资料。我希望那两本笔记本还在那个保险柜里。”

“嗯——不在里面了！”警长说着，啪的一声合上了他手上那本厚厚的笔记本。“唉！人们总是喜欢把这么贵重的东西放到普通的保险柜里，然后就出去度假

了，连地址也不留。我们还能联系到他吗？这件事非常非常重要！”

“我只知道，”朱利安很发愁，“我们过一两天就会收到他的地址，但是在此之前，我真的不知道如何联系上叔叔。”

“好的。”警官说，“嗯，我们现在得走了，不过午饭过后我们会带一位摄影师过来，他会给房间拍照。拍完照后，你们的厨娘就可以收拾房间了，我知道她早就想收拾了。”

“还要回来?！”安感到很吃惊。两位警察神情严肃地走上门前的小路，跨上看起来非常结实的单车，沿着小路远去了。“天哪！我们难道还要再回答一遍所有的问题?！”

“嗯，我们还是去海边划船吧。”朱利安笑着说，“这样他们就找不到我们了。我觉得我们已经帮不到他们了。不过，我想说，整件事非常奇怪——我想知道小偷到底是怎么进来的！”

乔治整个上午都沉默寡言、闷闷不乐。她之前一直在担心提摩西，担心提摩西中毒了，而不是朱利安所说的只是被下药了。好在提摩西现在几乎完全恢复了，只是还有点嗜睡。它不像往常那样疯跑，看起来

很难为情的样子。

“我不知道提摩西为什么这副样子。”乔治非常困惑，“它只有在感到羞愧，或是做了淘气的事情才这样。它可能不知道昨晚捡到并吃下去的东西是不应该吃的，对不对啊？”

“它不知道。”狄克说，“我想，虽然提摩西很聪明，知道不应该吃有毒的肉，但是，如果食物里面放了无毒的安眠药，它分辨不出来。这种安眠药是无色无味的。也许提摩西只是因为一直昏睡而感到羞愧！”

“要是昨晚提摩西醒了就好了！”乔治叹气道，“它肯定会立刻听到楼下的响动声，它会汪汪大叫，把我们都叫醒，还会冲到楼下去咬坏蛋！唉，为什么我昨晚没有像平时一样带它出去散步呢？”

“真是一连串的事情。”朱利安说，“你昨晚没有带它出去，它就自己出去了，刚好，有人拿着放了药的食物在等着它。也许是提摩西自己在路边找到的食物，也许是小偷喂给它的……”

“不会。”乔治说，“提摩西绝对绝对不会吃陌生人的东西。我一直都是这样教它的。”

“不管怎么说，它吃了，而且，昨晚它本该醒着

的，却睡了一夜。”朱利安说，“乔治，我现在最担心的就是，小偷已经拿到了你爸爸从美国带回来的两本笔记本。他们好像对其他东西不感兴趣，虽然各种其他的书成堆成堆地摆在那里，里面也有你爸爸密密麻麻手写的笔记。”

这时，乔安娜走进来，告诉孩子们午饭已经准备好了。她还说警察把她做的每一块面包都吃完了。乔安娜感到很激动，觉得自己这次扮演了一个重要角色，她希望去村子里把这个消息告诉所有人。

“你最好留下来招待警察喝下午茶。”朱利安说，“他们下午还要带摄影师过来。”

“那我最好再做点面包。”乔安娜高兴地说。

“好啊，做一点你最拿手的巧克力蛋糕吧。”安说。

“噢，你觉得他们会喜欢吗？”乔安娜问。

“不是给他们的，乔安娜——是给我们准备的！”乔治说，“不要把这么美味的巧克力蛋糕浪费在警察身上。你能帮我们准备野餐茶点吗？我们在家里待够了，我们要去外面划船。”

孩子们吃完午餐后，乔安娜为他们打包好了茶点。不等警察来，他们就出发了。在去海滩的路上，提摩西的精神好多了，围着孩子们蹦蹦跳跳。乔治见此也

高兴起来。

“它好起来了。”乔治说，“提摩西，我绝不会让你离开我的视线了！如果有人要再给你下药，他们可得在我眼皮底下这样做。”

在乔治的小船上，大家玩得很开心。在去往柯林岛的途中，他们下到水中嬉戏，潜水，比赛谁游得快，玩得筋疲力尽。提摩西也和他们一起游泳，尽管它游得没有其他人快。

“提摩西并不是真的在游泳。”安说，“它只是试图从水里跑过去。我真希望它能让我骑在它背上，就像骑海豹一样。但是每次我骑上去，它就从我身下溜走了。”

孩子们大概在下午六点钟回到了家，他们发现，警察除了吃了许多烤饼和小面包，还把乔安娜做的所有的巧克力蛋糕都吃光了。

书房也打扫好了，而且，有人过来把保险柜修好了。一切都物归原位。警察告诉乔安娜，在乔治的爸爸回来之前，如果书房里还有什么重要的东西，应该交给他们保管。

“但是我们不知道哪些文件是重要的！”朱利安说，“要等昆丁叔叔发来电报才知道——还要过几天。

不管怎样，我觉得我们不用再担心有小偷来——他已经拿到了想要的东西。”

这一天发生的所有事情让所有人都很疲惫，但朱利安精神还好。“我要上床睡觉去了。”狄克说，当时大概是九点钟。“安，你不去睡觉吗？你看起来特别累。”

“我就要去睡了。”安说，“乔治，去睡觉吗？”

“我要带着提摩西再去遛一遛。”乔治说，“我再也不会让它晚上单独出去了。来吧，提摩西。朱利安，你要是想去睡觉的话，我来锁大门吧。”

“好的。”朱利安说，“我马上要上楼去了。今晚我不喜欢一个人待在楼下。除了前门，我会把其他门窗锁好的。乔治，记得把防盗链锁上，虽然我敢肯定今晚不会再有小偷来了。”

“窗户边也不会有可怕的人脸了！”安也立刻接口说。

“绝对不会了！”朱利安说，“这些事情都不会发生了。安，晚安，好好睡吧！”

安和狄克上楼了。朱利安看完了手头的书，起身在屋子里转了一圈，把除大门之外的门窗都锁好了。乔安娜早已上楼了，她正梦见警察在吃她做的巧克力

蛋糕。

乔治和提摩西往外走。提摩西兴奋地跑向门边，准备像往常那样和乔治散步。在门口的小路上，提摩西突然停住了，它低声吼叫着，仿佛看到了什么不寻常的东西。

“提摩西，傻瓜！”乔治跟了上来，“只是有人在大篷车里露营！你以前没有见过大篷车吗？别叫了！”

他们往前走去。提摩西嗅遍了路边的每一个田鼠洞和兔子洞，乐在其中。乔治也很享受这次散步，她不急不忙地溜达着——如果朱利安不想在楼下等的话，随时可以上楼去睡觉。

朱利安确实去睡觉了。他突然感到困了，就把前门半开着，打着哈欠上楼了。看到狄克已经睡着了，他迅速又悄悄地钻到床上。他躺在床上，听着楼下的动静，想看看乔治回来了没有。半睡半醒间，他听到了前门关上的声音。

“她回来了。”朱利安心想，他翻了个身，睡着了。

但那并不是乔治回来的声音。她的床整晚都是空的，没有人发现这点，就连安也没有发现。乔治和提摩西根本就没有回来！

想想吧

1. 贼拿走了什么？

2. 提摩西为什么感到惭愧呢？

3. 小朋友们猜猜看，
大篷车可能是谁的呢？

第八章　乔治去哪儿了？

安半夜醒来了，她觉得有点口渴。她朝着房间的另一端轻声喊道：

“乔治！你醒了吗？”

没有回应。于是，安小心翼翼地下床，轻轻拿起盥洗台上的玻璃杯，喝了点水。如果乔治半夜被吵醒的话，可能会非常生气。安回到床上，她压根没有料到，乔治刚才没有回答自己是因为乔治根本就没有在房间！

安又睡着了，直到听到狄克的声音，她才醒来。“嘿，你们两个——该起床啦！再过一刻钟就八点了。我们今天还要去游泳呢。”

安坐了起来，还打着哈欠。她向乔治的床上望去——床是空的！而且，床上干净整洁，好像刚刚整理过一样！

“咦！”安感到很吃惊，“乔治已经起床啦，还铺好床啦。她应该叫醒我的，这样我就可以和她出去了。今天天气真好。我猜她一定像往常一样带着提摩西出去散步了。”

安迅速穿上泳装，跑去找男孩们。他们一起下楼，赤脚踩在地毯上。

“乔治已经出去了。”安说，“我猜她早早起来，带提摩西出门了，我都没有听到她的动静！”

朱利安站在大门口。“没错。”他说，“大门没有上锁，也没有插上门闩——乔治肯定悄悄溜下楼了，她打开了门，又把门轻轻关上了。她真是替人着想！上次她一大早出门时把门砰地关上，把大家都吵醒了！”

“她可能坐着小船去钓鱼了。”狄克说，“她昨天还说呢，她想清晨潮水落时去钓鱼。也许，她会带着成堆成堆的鱼回来，这样乔安娜就可以烧鱼给我们吃啦！”

他们到了沙滩，朝海面望去。远处有一条小船，上面好像有两个人在钓鱼。

“我敢肯定是乔治和提摩西。”狄克说。他朝那俩大喊，还不停挥手，可惜船离他们太远，没有人回

应。他们三人跳进冰凉的海浪中。凉飕飕凉飕飕!

“真好玩!”安说。三个小伙伴上了岸，水珠从他们身上滴落下来，在晨光中闪闪发光。“我们来赛跑吧!”

他们在海滩上你追我赶，跑得满脸通红，肚子也饿了，于是他们回家吃早饭。

“乔治去哪了?”乔安娜把大家的早餐端上桌，问道，“我看她的床收拾得整整齐齐——她今天怎么啦?”

“我想她是出去钓鱼了。”狄克说，“她一大早就起来出去了。”

“我都没有听到她出去的声音。”乔安娜说，“她肯定动作特别轻。你们都回来了，我给你们准备了好吃的早餐——香肠、番茄、鸡蛋!”

“哇!太好了!”安开心地说，“乔安娜，你煎的香肠真合我的胃口——肠衣都爆开了。你们说我们要不要把乔治的那份也吃掉?她还在船上，可能要过好久才能回来。”

“好吧，你们最好把她的那份也吃了。”乔安娜说，“我敢肯定她在出去之前从橱柜里面拿了一些东西。可惜昨晚我没有像平常那样把橱柜门锁上。”

他们把乔治的那份早餐分着吃了，然后又吃了吐

司面包和橘子果酱。吃完早餐，安去帮乔安娜铺床，又去忙着打扫房间的灰尘，拖地。朱利安和狄克去村里的杂货店买东西。

没有人担心乔治。买东西回来的路上，朱利安和狄克看见那艘小船还在大海上。

“等到乔治回来的时候，她肯定会饿坏了。”朱利安说，“也许她心情不好，想一个人静一静。提摩西被下药这件事搞得她心烦意乱。”

他们在路上碰到了流浪小女孩乔。她正沿着沙滩捡拾木头，她看起来闷闷不乐，比以往更加邋遢。

“乔，你好！”狄克朝她打招呼。她抬起头，朝他们走过来，脸上一丝笑容也没有。她看起来好像哭过，脏兮兮的脸上还挂着泪痕。

“你好！”她看着狄克应了一声。她看起来一副可怜的样子，让狄克觉得心疼。

“怎么啦？”狄克关切地问道。

乔感受到了狄克话语中的友善，泪水流了下来。她抹掉眼泪，脸涂得像小花猫一样。

“没什么。”她说，“安去哪里啦？”

“安在家，乔治和提摩西在那条船上钓鱼。”狄克指了指大海远处。

“噢！”乔转过身继续捡柴。狄克跟着她。

“嘿！”狄克说，“不要就这样走了。告诉我，今天早上发生什么事情啦？”

他抓住乔，一把拉过她，让她面对自己。他仔细地盯着她看，发现她的脸上现在有两处瘀伤——有一处快好了，这是他两三天前把她打飞时留下的，还有一处是新伤，泛着青紫色。

“你怎么受伤的？”狄克问，他轻轻碰了碰那处新伤。

“我爸爸打的。”乔说，“他走了，撇下我了——他把大篷车和所有东西都带走了！我也想跟他走，但是他不让我上车。我用力拍打车门，他出来，把我推倒在台阶上。我就是这么受伤的，我的腿上也有一处伤。”

狄克和朱利安听了觉得很恐怖。乔过的究竟是什么日子啊？两个男孩坐在沙滩上，狄克把乔拉过来，让她坐在他们中间。

“但是你爸爸会回来吗？”朱利安问，“大篷车是你唯一的家吗？”

“是的。”乔说，“我没有别的家。我们一直住在大篷车里，妈妈活着的时候，也住在大篷车里。那个时

候比现在好多了。但这是爸爸第一次把我撇下。”

“那——那你接下来怎么活啊？”狄克问。

“爸爸说杰克会给我钱买吃的。”乔说，“但是只有我听他的话才有吃的。我不喜欢杰克，他很坏。”

“谁是杰克？”朱利安问，他对听到的这一切感到非常震惊。

“杰克是一个到处流浪的人。他认识我爸爸。”乔说，“他总是在一个地方出现一两天，然后又消失了。如果我在这里等他，他应该会过来给我五个便士。”

“他会要你做什么呢？”狄克疑惑不解，“对我来说，这一切真是诡异可怕。你还只是一个小孩啊。”

“噢，他可能会叫我去和他一起偷猎，或者做一些别的事情，反正像你们这样的人是不会做的。”乔说，她突然意识到狄克和朱利安根本不会认可她做的那些事情。“我希望他今天给我一些钱，我一分钱也没有，我好饿。”

狄克和朱利安彼此看了看。真没想到如今还有像乔这样的流浪儿，整日担惊受怕、饥肠辘辘、孤苦无依。

狄克拿过购物篮，拿出一包巧克力和一些饼干。“给你。”他说，“拿着这些。你今天可以去我们的厨

房门口找厨娘乔安娜，让她给你做一顿饭吃。她会同意的。我回去和她说。”

“人们不喜欢我站在厨房门口。”乔一边说着，一边把饼干塞到嘴里。“他们害怕我偷东西。”她抬起头来看着狄克。“我确实会偷东西。”她说。

“你不应该那样做。”狄克说。

“如果你很饿很饿，看到面包师的小推车就受不了，你会去偷吗？”乔说。

“不，不会。至少我希望我不会。”狄克回答。他在想如果自己真的饿得受不了到底是什么滋味。“杰克这个家伙在哪里？”

“我不知道，应该就在附近吧。”乔说，“他需要我的时候，就会来找我。爸爸要我一直待在沙滩上，所以我不能去你们家。我不能离开这里。”

男孩们起身准备离开，他们非常担心乔，但是他们又能做什么呢？除了给她一些吃的和钱，他们爱莫能助。狄克之前把五便士塞到了乔手里，她把钱放进口袋，什么也没说，只是眼睛闪着光。

到了吃午饭的时候，乔治还没有回来。朱利安开始感到有点焦虑不安。他跑到海边，去看那艘船是否还在海上。船已经靠岸，朱利安的心沉了下来，因为

他看到船里不是乔治和提摩西，而是两个男孩。

他去找乔治的船，发现她的船和其他许多船一起停靠在沙滩上。乔治根本就没有坐船出海！

朱利安赶紧跑回柯林雅舍，把这个消息告诉其他人。大家和朱利安一样紧张起来。乔治出了什么事？

“我们先等等看，等到下午茶时间。”朱利安说，“如果那个时候她还没有回来，我们就必须采取行动——报警。但是乔治以前也有出去一整天的情况，所以我们还是再等等。”

下午茶时间到了，但是乔治和提摩西还是没有回来。这时，他们听到花园的小路上有跑跑跳跳的声音——是提摩西吗？他们探出窗户往外看。

“是乔。”狄克失望地说，“她拿着一张纸条之类的东西。她来做什么呢？”

想想吧

1. 乔平时住在哪里？
2. 乔的爸爸为什么要打乔？
3. 偷东西的乔是坏女孩吗？

第九章　一则意想不到的消息和一个计划

朱利安打开前门，乔递给他一个空白信封，什么也没有说。朱利安把信封撕开，他很疑惑信里面究竟会写什么。乔转身要走，但是朱利安伸出手，紧紧抓住了她，因为他看到了信里面令他震惊的内容。

“狄克！”朱利安大喊，“快来抓住乔，别让她跑了。最好把她带进屋！出大事了！”

乔不想被带进屋。她尖叫着，身子像一条鳗鱼那样扭动，接着她狠狠地用没穿鞋的脚踢狄克。

“放我走！我没有干坏事！我只是来送信的！”

“别叫了，也别犯傻了。”狄克说，“你知道，我不想伤害你，但是你必须进来。”

但是乔还是不停地挣扎，不停地拉扯，不停地踢人，她看起来吓坏了。狄克和朱利安费尽全力，才把这个不停扭动的小家伙拉进餐厅。他们关上了大门。

安跟着他们，一副吓坏了的样子。到底发生什么事情了？

“大家听好了！”当门关好后，朱利安说，“真是难以置信！”他拿出那张打印的纸条给其他人看，同时大声念上面的字。

> 我们想要第二本笔记本，写满数字的那本，我们一定要得到它。把笔记本找出来，把它埋到花园角落碎石路上最后一块石头下面。今晚就放好。
>
> 女孩和狗在我们手上。拿到了我们想要的东西，我们就会放他们走。要是你们敢报警，他们就回不来了。这栋房子将会处于监视中，以确保没有人出去报警。还有，电话线也被切断了。
>
> 天黑以后，把前厅的灯打开，你们三个和女仆乔安娜必须坐在那里，这样我们可以看得到你们的一举一动。到了11点，让那个大个子男孩拿着手电筒出来，把笔记本放在我们所说的地方。然后，他必须回到亮灯的房间。当我们拿到笔记本后，你们会听到一

声像猫头鹰的叫声。女孩和狗到时都会被送回来！

这封信让人既吃惊又害怕，安一下子哭了起来，她紧紧地抓住朱利安的胳膊。

“朱利安！朱利安！乔治昨晚和提摩西散步以后根本就没有回来！她一定是那个时候就被抓走了，提摩西也是。噢！为什么我们当时没有去找他们呢？”

朱利安脸色苍白，一脸严肃。他在努力理清头绪。“是的，有人早就埋伏好了，我敢肯定乔治和提摩西都被绑架了。绑匪们——或者其中一名绑匪——来到这里，关好门，制造出乔治已经回来了的假象。也许还有人在附近转了一天，想看看我们是担心乔治失踪了，还是以为她自己出去了！”

“谁给你的纸条？”狄克厉声问吓坏了的乔。

她浑身发抖。

“一个男人。”她说。

“什么样的男人？”朱利安问。

“我不知道。”乔说。

“不，你知道。”狄克说，“乔，你必须给我们讲实话。”

乔看起来不高兴。狄克摇了摇她，她试图挣脱，但是狄克把她抓得更紧了。“快说——告诉我们那个家伙长什么样。”他说。

“他个子高，长胡子，长鼻子，棕眼睛。”乔突然一口气说了出来，“他穿着渔夫的衣服，而且——他还说外语。”

两个男孩严肃地盯着她。“乔，我觉得你在瞎编。”朱利安说。

“我没有。”乔生气地说，“我以前从来没有见过他，就是这样。”

“乔。”安拉着乔脏兮兮的小手，说道，“把你知道的都告诉我们。我们非常担心乔治。”安一边说着，眼泪一边流了出来，她忍不住放声大哭起来。

“如果那个叫乔治的女孩被绑架了，那是她活该。”乔恶狠狠地说，“她对我很粗鲁，一点也不友好。要我说，她活该。我什么都不会告诉你们的——就算知道我也不说。”

“你果然知道点什么。”狄克说，“乔，你是个坏女孩。我不会再帮你了。以前我还很同情你，但是现在我不会了。”

乔看起来更不高兴了，她眼里闪着泪花。她转过

身。“放开我。”她说，“我告诉你，那个人给了我十五便士，要我把纸条交给你们。我知道的就这些。乔治有麻烦了，我还挺开心的。看到了吧，像她那样的人就是这样罪有应得！”

“放她走吧。”朱利安疲惫地说，“她就像一只小野猫，满身爪牙，充满恶意。我还以为她天性善良，其实并不是。”

“我之前也这样想。”狄克说着，松开了乔的胳膊。“我之前还挺喜欢她的。算了，乔，你走吧。我们再也不想见到你。”

乔冲到门边，猛地拉开门，跑过客厅，奔出房子。一切都安静下来。

“朱利安，”安小声说，“我们接下来该怎么办？”

朱利安没有说话。他起身走到客厅，拿起电话听筒放在耳边，他在听里面是否有微弱的声音，如果有的话，就表明电话还连通着。过了一会儿，他放下听筒。

“无法连通。”他说，“电话线被切断了，跟纸条上说的一样。毫无疑问，现在有人在监视我们，看我们会不会溜出去报警。这太可怕了！这不是真的！”

“这是真的！”狄克说，“情况就是这样，朱利安，你知道他们想要什么笔记本吗？我完全不知道他们所

说的东西！”

“我也不知道。”朱利安说，“去找到笔记本不太可能，因为保险箱已经修好而且上锁了——警察才有钥匙。”

“好吧，这样啊，那我们……”狄克说，“那我们该怎么办？要我溜出去报警吗？”

朱利安想了一会儿。“不。”他终于开口说，“我觉得这些家伙是认真的。如果乔治出了点什么事，那就麻烦了。而且，你也可能被他们抓住，被带走。别忘了，有人在盯着这栋房子。”

“可是，朱利安，我们总不能傻傻地坐在这里，什么也不做啊！”狄克说。

“我知道，我们得好好想一想这件事。”朱利安说，“要是我们知道乔治被带到哪里去了就好了！那样我们就可以救她出来。但是我不知道我们该怎么找到她。”

“如果我们中间有人出去藏在花园尽头，等着看谁来拿走笔记本——然后跟着那个人，也许他会带我们到乔治现在被关着的地方。”狄克建议。

“你别忘了，那伙人要求我们今天晚上必须坐在开着灯的前厅，如果我们中间少了一个人，他们一眼就

能看到。”朱利安说，“就连乔安娜也必须坐在这里。所以这个想法很愚蠢，绝不可行。”

“今天晚上有人来我们家吗？比方说哪个商贩？”安又一次轻声问道。她觉得好像有人就在房子里，正在监听监视他们！

“没有人来，不然我们可以要他们捎信出去。”朱利安说。突然，他拍了一下桌子，吓得其他人都跳了起来。“等等！有啦——那个送报纸的男孩会来！我们这一家差不多是他要送报纸的最后一家，但是要他送信出去也许有点危险。有没有更好的方法呢？”

“听着，”狄克的眼睛亮了，“我有一个好主意！我认识这个报童，他人不错。我们到时候打开前门，等他一出现在门口，就把他拉进房间。然后我马上出去，我戴上他的帽子，背着他的报纸袋，吹着口哨，跳上他的自行车，骑得远远的。这样一来，监视我们的人根本就不知道我不是报童本人！天一黑我就回来，溜进花园尽头躲起来，看看到底是谁来取放好的笔记本——然后我就一直跟着他！”

“好主意，狄克！”朱利安说，他的脑子飞快地转了起来。“这个方法可行！我们最好是先看看谁来取笔记本，然后再报警。因为如果这些绑匪动真格，一旦

他们知道我们联系警察，那么乔治就有麻烦了。”

“那个报童难道不会觉得很奇怪吗？”安问。

“应该不会，他比较单纯。”狄克说，“跟他说什么他就会信。我们编点故事让他信服，让他玩得开心，这样他以后还想来玩。”

“至于笔记本，”朱利安说，“我们最好从抽屉里面拿一本书，把它包起来，里面再放一张纸条，上面写着——希望这是你们要的那本。来取笔记本的人会把笔记本连同包裹一起交给绑匪。他不太可能打开看里面，不太可能知道是不是他们要找的那本。”

“安，快去找一本书。”狄克说，“我去等那个报童，他要到七点半才来，我可不能错过他——他可能会早来，说不准。”

安赶紧跑到书房，她很庆幸自己终于有事做了。当她拉开一个又一个抽屉，寻找可以装在包裹里的大笔记本时，手一直在颤抖。

朱利安陪狄克走到大门口，帮他留意那个对他们要采取的计划毫不知情的男孩。他们站在那里，耐心地等着，听到时钟走过六点、六点半、七点。

“他来了！”狄克突然说，“现在——准备好把他拉进来！西德，你好！”

想想吧

1. 朱利安他们收到了纸条，在这种情况下，他们该报警吗？

2. 乔是否在说谎呢？

3. 小伙伴们准备如何采取行动？

第十章 报童西德的美妙夜晚

报童西德被朱利安飞快地从前门拽进了屋，他惊诧不已，更令他惊讶的是，他头上那顶花哨的格子帽被人摘掉了，他肩上背的装报纸的袋子被人扯掉了。

“嘿！”他小声说，“你们在干什么呢？”

“别怕，西德。”朱利安一边说，一边紧紧地抓着他。

“开个玩笑而已。我们给你准备了一个小小的惊喜。”

西德不喜欢这种玩笑，他挣扎了一会儿，但很快放弃了。朱利安个子高大健壮，而且态度很坚决。西德转过身，他看到狄克斜戴着那顶鲜艳的格子帽，挎着装报纸的袋子，大踏步走了出去。接着，他看到狄克跳上自己停在门口的自行车，沿着门口的小路骑远了，更是大吃一惊。

“他到底在干什么？”西德疑惑不解地问朱利安，“开这种玩笑？”

“我知道，希望你不要介意。”朱利安一边说，一边把他硬拉到客厅。

“是不是有人打赌他不会送信？”西德说，“所以他要打赌看？”

“你太聪明了，西德，你真聪明！”朱利安说。西德圆圆的小脸上露出了笑容。

“嗯，我希望他能好好送信。”西德说，“农场那边还有一两家需要送信，你们家是我送的倒数第二家。他什么时候回来？”

“很快，”朱利安说，“西德，你要不要留下来和我们一起吃晚餐？”

西德的眼珠都快掉出来了。“和你们吃晚餐？”他惊讶地说，“太酷了！真是难得的待遇啊！”

“好，你坐在这里看这些书。”朱利安说着，递给他两三本安的故事书。“我去和厨娘说一声，要她给你准备一顿特别的晚餐。”

西德被这次意想不到的款待搞蒙了，但还是欣然接受了。他坐在沙发上，笑容满面，兴奋地翻看那些故事书。太酷了！要是妈妈听说他在柯林雅舍吃

晚餐，会说什么呢？她肯定会非常非常惊讶的，西德想。

现在朱利安需要去搞定乔安娜，让她加入他们的计划当中。朱利安来到厨房，关上门。他一脸严肃，乔安娜吓了一大跳。

“出什么事啦？”她问。

朱利安把乔治被绑架和纸条的事情告诉了她，他把纸条拿给她看。乔安娜坐了下来，膝盖开始发抖。

“朱利安，这种事情只会出现在报纸上。”乔安娜语气发颤，“但偏偏就发生在你身上！我不希望发生这种事！我绝不希望！”

“我们都不希望！”朱利安说，接着，他把他们的行动计划告诉了乔安娜。他说到狄克如何扮成报童的样子出去，以便观察晚上到底是谁来取笔记本，还绘声绘色地描绘西德惊讶的样子，乔安娜听完后，勉强笑了笑。

“那个西德！”她说，“到时候，我们邀请他吃晚饭的事情会传遍整个村子。他虽然有点怪怪的，但并没有什么恶意。”

“别担心，我会为他准备一顿丰盛的晚餐。今天晚上，我会和你们一起坐在点灯的房间——我们一起

玩纸牌游戏。我们就玩西德会的纸牌游戏，他只会玩‘抓对儿’和‘快乐家庭’这两种。”

“好主意！”朱利安说，他之前一直在想究竟要做点什么才能让西德一晚上都开心。“我们就玩‘抓对儿’——让他一直赢！”

这个美妙的夜晚让西德激动不已。首先，他吃了一顿他称之为“美妙无比”的晚餐，有火腿、鸡蛋和薯条，还有果酱蛋挞和一大盒巧克力，光是巧克力他就吃了四分之三。

“我超级爱吃这种巧克力。”他对安解释，“乔安娜知道这点——她知道我对所有的巧克力都毫无抵抗力。她和我妈妈关系很好，因此她知道我对什么东西没有抵抗力，知道我最喜欢什么。”

安听了咯咯直笑。虽然她此时非常焦虑不安，但她很喜欢和西德待在一起。西德这个人太有趣了，他不是装出来的，他就是很享受，他一直在说他很开心。

事实上，他是一个非常好的客人。并不是每个人都能满心欢喜地接受这一切并连声赞叹的。

晚饭后，西德到厨房去，提出要帮乔安娜洗碗。“我一直帮我妈妈洗碗。”他说，“我不会打破任何东

西的。”于是西德洗碗，安擦碗。朱利安觉得，让安尽可能多干点活也是有益处的，这样可以防止她胡思乱想。

洗完碗后，西德被邀请去玩游戏，他有点吃惊。“嗯，我不懂。”他说，“我不是很擅长玩这些游戏。我学过玩跳棋，但那些跳来跳去的棋子把我搞糊涂了。如果要玩蹦蹦跳跳的游戏，我想玩青蛙跳，玩这个我还是在行的。”

“嗯——我们想玩‘抓对儿’纸牌游戏。”朱利安说。西德的神情立刻亮了。

“‘抓对儿’！正合我意！”西德说。事实正是如此。西德喜欢大声喊牌并收牌，这让他赢了许多回合，他开心极了。

“这真是一个美妙无比的夜晚！”西德一直在说这句话，“我从来没有这么开心过。不知道你弟弟怎么样了——希望他能把我的自行车好好地骑回来。”

“噢，他会的。”朱利安一边说，一边玩牌，游戏已经到第六局了。此刻，他们都在开着灯的客厅，围坐在窗前的桌子旁——朱利安、乔安娜、安和西德。那些监视的人可以清清楚楚地看到他们，但那些人肯定猜不到，第四个人是报童西德，而不是狄克。

夜里 11 点，朱利安拿着安小心翼翼包好的包裹出了门，他把包裹放在花园尽头的石头下面。安找了一本笔记本，她认为这本笔记本不怎么重要，但或许能瞒过那伙人。她把笔记本用纸包好，然后用绳子捆起来，朱利安往里面塞了一张纸条。

> 这是你们要的笔记本，请立刻释放我们的堂妹。

朱利安溜进花园，用手电筒照着碎石路。当他来到最后一块石头前面时，他发现石头已经松动。他很容易就抬起了石头，把包裹放进下面的洞里，这个洞好像是专门为这个包裹准备的。朱利安小心翼翼地环顾四周，他想知道狄克是否藏在什么地方，但是他没有看到任何人影。

不到两分钟，朱利安回到了亮着灯的客厅，又和其他人玩起了“抓对儿”的游戏。他打得很烂，一方面是因为他想让西德赢牌，让他开心，另一方面他一直在想着狄克。狄克怎么样了？

突然，猫头鹰的叫声传来，把他们都吓了一跳。朱利安瞥了一眼乔安娜和安，三个人都点了点头。他

们猜测这是告诉他们包裹已经被找到并被取走的信号。现在，他们不需要再管西德，只需要等狄克的消息。

乔安娜离开了，不一会儿又拿着几杯热巧克力和一些小圆面包回来了。西德的眼睛亮了，连声说今天晚上太棒了！

大家开心地吃吃喝喝，听西德讲他以前玩“抓对儿”游戏时那些好玩的事情。一个小时过去了。西德又开始讲“快乐家庭”的游戏，看来他想再多待一会儿，再来一局那样的游戏。

“你妈妈可能开始担心你了。”朱利安看了看钟，说道，“很晚了。”

“我的自行车在哪？”西德说，他意识到“美妙无比”的夜晚即将结束，感到有点伤心。“你弟弟还没有回来吗？你告诉他，要他早点把车放在我家门口，我明天早上还要送报纸呢。还有，别忘了我的帽子，那可是一顶独一无二的帽子。我非常喜欢那顶帽子，真的棒极了！”

“确实是顶好帽子。”朱利安表示赞同。他此刻感到很疲惫。“西德，听好了，现在很晚了，这附近可能有些坏家伙。如果有人和你说话，你要拼命跑回家，

到家之前不要停下来。”

“噢！”西德说，他惊得眼珠子都要掉下来，“好的，我跑得很快。”

西德和每个人郑重其事地握手道别，然后离开了。他大声吹着口哨，好让自己打起精神。穿着橡胶鞋的村里的警察突然出现在拐角，吓了西德一大跳。

“小西德！”警察厉声问道，“这么晚了，你在这里做什么呢？”

西德没有回答，他赶紧跑了。当他到家时，发现自行车停在家门口，他的格子帽和报纸袋也在上面，一件也没有少。“不错！”西德心想。

西德看了一眼家里黑乎乎的窗户，感到有点失望。妈妈已经睡着了。看来，只有等到明天早上，才能和她分享这个美妙无比的夜晚了。

现在，狄克究竟怎么样了？之前，他冲出了屋子，骑上西德的自行车就溜了，还戴着西德那顶花哨的帽子。狄克看到树篱那边有动静，他猜测有人躲在那里监视。他故意放慢速度，从自行车上下来，假装轮子出了问题。这样监视者就可以看到他装报纸的袋子，误以为他是报童。

狄克骑到农场，送了最后两份报纸，然后骑到村

子里，把西德的东西放在他家门口。接着他去电影院待了很长时间，直到天黑了下来，这样他才能够安全地偷偷溜回柯林雅舍。

他终于出发了，他走了一段非常迂回的路，来到了柯林花园的后面。他应该藏在哪里呢？会不会有人已经藏在那里？如果有的话，戏该收场了——不过他也会被抓住！

想想吧

1. 朱利安为什么要西德留下吃晚饭?

2. 监视的人发现小伙伴们的行动了吗?

3. 狄克怎么样了?

第十一章　狄克的抓捕行动

狄克站定，屏息凝神，侧耳倾听。除了风吹树木的声音和田鼠突然发出的吱吱声，他什么也没有听到。这是一个黑乎乎的夜晚，黑云密布。有什么人藏在附近吗？狄克能找到一个安全的藏身之所吗？

狄克想了一会儿，他认为既然天黑了，此时应该没有人在屋子后面监视。朱利安和其他人在亮着灯的大厅坐着，从房子前面监视能看得一清二楚，没有必要从屋子后面监视。

狄克考虑了一下应该藏在哪里，然后很快做了决定。“我要爬上树。”他想，“碎石路旁的那棵树怎么样？如果云散开了，我可能会看到那个来取包裹的人的长相。然后我就悄悄爬下树，跟踪他。”

狄克爬上了一棵橡树，那棵树宽大的枝干伸展到了小路上。狄克在一个比较舒服的树杈上找到一个位

置，埋伏好，耐心地等待着。

纸条上说的是几点钟？十一点。没错——到了十一点，朱利安要把包裹放到石头下面。狄克等待教堂的钟声敲响。如果风向合适，他就能清清楚楚地听到钟声。

十点半，钟声响了。还要等半个小时。等候的时间真是难熬。狄克把手伸到口袋里，拿出一块化掉了一半的巧克力。他一点一点地咬着巧克力，想吃得久一点。

教堂的钟声又敲响了，这回是十点四十五分。狄克吃完了巧克力，他在想，朱利安是不是快过来了。十一点到了，钟声刚响起，厨房的门打开了，狄克看到朱利安的身影出现在门边，他的胳膊底下夹着一个包裹。

狄克看到朱利安飞快地走上小路，好像还在四处张望。狄克不敢给朱利安任何暗示，不敢让他知道自己就在他的头顶上方。

狄克听到朱利安在路边翻找了一阵，然后听到大石头回到原位的声音。他看到朱利安的手电筒灯光一路跳跃着从小路到厨房门口，然后听到厨房门砰地关上的声音。

狄克爬上了一棵橡树

此时，狄克大气都不敢出！谁会来取包裹呢？他静静地听着，既紧张又激动。晚风吹拂，一片树叶碰触到了他的脖子后面，像是一根手指在碰他，把他吓了一大跳。

五分钟过去了，没有人来。但他很快就听到了非常轻微的声音。有人从树篱下面爬进来了吗？狄克睁大眼睛，但是只能模糊地看到一个黑影，那个黑影似乎在动。接着，他清楚地听到有人喘着粗气，正在用力搬动石头！正如所计划的那样，那个包裹正在被人取走！

石头落回原地。一个黑影蹑手蹑脚地再次走向树篱。那个取了包裹的家伙准备离开了。

狄克悄悄爬下树。他穿着橡胶鞋，没有发出一点声音。他从附近树篱的大缺口溜了出去，他站在那儿，睁大眼睛，想要找到他要跟踪的人。啊——有个黑影正在沿着田间小路稳步走向树篱旁边的阶梯。狄克紧贴着树篱，跟了上去。

狄克一直小心翼翼地跟着那个移动的黑影。那个影子走到栅栏边上，翻过栅栏，走到了旁边的小道上。黑影停了下来，突然，一连串响亮的猫头鹰叫声传来，狄克吓了一大跳。

没错！这正是包裹已经取走的信号。这叫声像小猫头鹰发出的，洪亮、兴奋，模仿得惟妙惟肖，狄克还挺佩服。

黑影不再叫了，继续往前走。显然，黑影没有怀疑到自己正在被跟踪。尽管黑影悄无声息地往前行，却并没有试图掩藏起来。黑影沿着小道走去，来到了一片田野。

狄克正准备继续跟踪下去，突然，他听到了说话的声音。声音低沉，他一个字也听不清。狄克蹲在大门的阴影处。大门敞开着，外面是一片田野。

一声巨响让狄克吓了一大跳，接着，一道炫目的光刺得他眼花。狄克庆幸自己能够躲在门后。一辆小汽车停在田野，那辆车发动引擎，打开车灯，正慢慢朝门口驶来。

狄克竭力想看清谁在车里，但他只能看到一个人，那个人正在开车。似乎没有其他人在车里。另一个人在哪里呢？就是那个取了包裹，把包裹交到车上那人手里的人？他落在后面了吗？如果是这样，狄克要加倍小心才是！

汽车很快就行驶上了车道，并加速前行。狄克听到汽车向远方呼啸而去的声音。显然，他无法追踪一

辆车！狄克屏住呼吸，倾听另外一个人的动静，他确定那个人还在附近。

狄克听到有人抽鼻子的声音，他蹲得更低了。一个黑影迅速穿过大门，往柯林雅舍相反的方向走去，消失在暗夜的小道上。

狄克再次跟上去。至少他可以跟踪这个家伙！这个家伙肯定要到某个地方去！

那个黑影沿着车道走到栅栏边上，翻过栅栏，来到田野，然后又穿过田野，回到柯林雅舍外的树篱旁。

为什么这个家伙要回去？狄克困惑不解。他听到那个黑影蹑手蹑脚地钻过树篱的声音，于是跟了上去。他看到这家伙悄悄地沿着小路往前走，还透过黑漆漆的窗户往里望。

“我猜这家伙准备进屋再去洗劫一番！”狄克想到这里，火冒三丈。他打量着窗边的这个黑影。这个家伙并不高大，个子矮小。狄克觉得自己能够对付这个家伙，把他打倒在地。他可以先把这个家伙按倒在地，然后大声呼叫朱利安出来帮忙。

“也许我们可以绑架这个家伙，然后跟那帮坏蛋讨价还价。”狄克冷冷地想，“如果他们把乔治当人质，

我们也可以抓住他们的人当人质！以牙还牙！”

等到那个黑影离开了窗边，狄克猛扑过去。受害者叫唤了一声，倒在地上。

狄克惊讶地发现这个家伙很瘦小——但是战斗力惊人！这个人咬啊，抓啊，推啊，踢啊。两个人滚作一团，把花坛里的米迦勒雏菊压伤了，俩人的腿、胳膊和脸也被玫瑰花枝划伤了。狄克一直在大声呼叫朱利安。

“朱利安！朱利安！快来啊！朱利安！”

朱利安听到了喊声，立刻冲了出来。“狄克，狄克，你在哪里？怎么啦？”

朱利安用手电筒照向发出喊叫的地方，发现狄克和另一个人扭打在一起。他立刻跑过去帮忙，他把手电筒扔在草地上，空出手来。

不一会儿，他们就牢牢地控制住了那个人，把他拖到后门。那个人号啕大哭，狄克认出了这哭声！天哪——不可能——不可能是乔！

但是就是她！当他们把她拖进屋里时，她瘫倒在地，哭喊着，揉搓擦伤的腿，用她所能想到的各种难听的话骂这两个男孩。安和乔安娜在一旁看呆了。究竟发生了什么？

“把她扶上楼。”朱利安说，“带她睡觉去。她现在的状况很糟糕。我也是！如果我早知道是她的话，我绝不会狠命揍她。”

“我根本没有想到。”狄克一边说，一边用手帕擦着他那脏兮兮的脸蛋。“天哪，真是一只野猫！瞧她把我咬的！”

“我不知道是你，狄克，我根本不知道。”乔痛哭着说，“你扑过来，我就还击。我不应该把你咬成这样。”

“你真是只野蛮、狡诈、起哄人的小野猫。”狄克一边说，一边看着自己身上的咬痕和抓痕，“你假装对那个给你纸条的人一无所知——但实际上你一直和那帮小偷和绑匪在一起，不管他们多么坏，你都和他们在一起。”

“我没有和他们一伙。”乔哭了。

“别撒谎了！”狄克怒气冲冲，“当你过来取石头下面的包裹时，我就在树上——没错，我一直跟踪你到小汽车那里——然后又跟着你回来！我猜你是回来偷东西的吧！”

乔倒吸一口气。“不，我没有！”

“你就是！明天我们就把你交给警察。”狄克依旧

一腔怒火。

“我不是回来偷东西的。我回来是为了别的事情。”乔坚持说。她的眼睛像一只受了惊的小动物的眼睛，正透过乱蓬蓬的头发向外张望。

“哼！这可是你说的！你回来干什么？给另一条狗下药吗？”狄克冷笑着说。

“不是。”乔可怜巴巴地说，“我回来原本是想告诉你们，如果你们不告发我，我就把你们带到关乔治的地方去。如果我爸爸知道我出卖他的话，他会杀了我的。没错，是我拿的包裹——但我不得不这么做。我不知道包裹里面是什么。我只是把包裹送到别人告诉我的一个地方去。是杰克要我这么做的。然后我转回来，本来想告诉你们我知道的一切，可是你们却这样对我。”

四双眼睛盯着乔，乔捂住了脸。狄克把她的手拿开，让她看着自己。

“听着。”他说，“这件事对我们来说很重要，不管你说的是不是真的。你知道乔治在哪里吗？”

乔点点头。

“那你能不能带我们去那里？”朱利安问，声音严厉且冷酷。

乔又点点头。“我会带你们去。虽然你们对我不好，但我想用行动告诉你们，我并不像你们想的那样坏。我会带你们去救乔治。”

想想吧

1. 谁取走了包裹？

2. 乔为什么要回来？

3. 小伙伴们相信乔吗？

第十二章　乔吐露真相

大厅的钟声突然敲响——咚！

“一点了。”乔安娜惊呼，“凌晨一点了！朱利安，今天晚上就到这里吧。这个孩子今晚没法再带你们去任何地方了。她——她都快受不了了。”

“你说得对，乔安娜。”朱利安说。他立刻放弃了今天晚上就去找乔治的念头。“我们只能等到明天了。真可惜电话线被切断了。我确实认为我们应该让警察知道这一切。”

乔立刻抬起了头。“那我就不会告诉你乔治在哪里了。”她说，“如果警察抓住我，你知道他们会怎么对我吗？他们会把我送到‘坏女孩之家’，那样我就再也出不来了——因为我是一个坏女孩，做过坏事。我从来没有选择的机会。”

“每个人迟早都有选择的机会。”朱利安温柔地说，

“乔，你也会有机会的，但机会来临的时候你必须抓住。好吧，如果你答应带我们找到乔治，我们就不让警察干预这事。这是一个交易。”

乔明白什么是交易，点了点头。乔安娜拉她起来，搀扶着她上楼了。

“我的房间里有一张沙发。”乔安娜对朱利安说，“今晚乔可以在那里过夜——但不管多晚，她都要先洗澡。她身上有一股狗狗的味道。”

半个小时后，乔躺在了乔安娜房间的沙发上。虽然她从头到脚都是抓痕和伤痕，但身上非常干净。她的头发已经洗净、吹干、梳好，就像乔治的鬈发那样。她面前放着一个托盘，里面放着一盘热气腾腾的牛奶，牛奶里面还有面包。

乔安娜走到楼梯间的平台上，冲着对面朱利安的房间大喊：“朱利安！乔在床上，她想和你还有狄克说点事情。”

狄克和朱利安穿上睡衣，来到乔安娜整洁的房间。他们几乎都认不出乔了。她穿了安的一件旧睡衣，看起来非常干净，带着孩子气，楚楚可怜。

乔看着他们，微微一笑。“你有什么想对我们说？”朱利安问。

“我有一些事情要告诉你们。”乔一边说，一边搅拌泡在牛奶里的面包。“我现在感觉很不错——神清气爽——但有可能明天又会恢复原样，到那时我可能什么都不想和你们说了。所以我最好现在就告诉你们。”

“说吧。”朱利安说。

“嗯，那天晚上，是我领着那些人到这里的。”乔说。朱利安和狄克惊讶地瞪大了眼睛。乔继续搅着面包。

“没错。”她说，“我是从那扇没有上锁的窗户爬进来的，然后我打开后门，把他们放进来。他们把房间弄得一团糟，是不是啊？我一直在看着他们，他们拿走了很多资料。”

“你不可能从那扇窗户挤进来的。”狄克马上说。

“嗯，我确实进来了。”乔说，“我……我钻过许多小窗户。我知道怎么扭动身体。我不能像从前那样钻那些小小的窗户了，因为我一直在长个子，但是你们家的窗户还是很容易钻的。”

“唷！”朱利安长长地吐了一口气，不知道该说什么好。“好吧，继续说吧。我想，当那些人偷了东西之后，你把厨房门锁好，闩上，然后又从食品间的窗户钻了出去，对吗？”

“对。”乔一边说，一边把一块浸了牛奶的面包放进口中。

“那提摩西呢？谁给它下药，让它整晚睡觉？”狄克质问道。

“我干的，”乔说，“那个很容易。”

两个男孩都不说话了。难以想象这一切居然是乔干的！这个可恶的小坏蛋！

“那天在沙滩上我和提摩西成了朋友，你们不记得了吗？”乔说，“乔治为此还很生气。我喜欢狗狗。我妈妈去世之前，我们养了几十只狗狗。爸爸告诉我怎么做的——先和提摩西交朋友，这样我就可以在那天晚上遇到它，给它喂下了药的肉。”

“我明白了。这样做对你来说非常容易，因为我们让提摩西单独出去了，我们直接把它送到了你手上。”狄克愤愤地说。

“是的。提摩西看到我很高兴，马上就跟过来了。我带它走了很久，让它一路闻我准备的肉。后来我把肉给它吃，它一下子就吞下去了，连嚼都没嚼！”

“之后提摩西昏睡了一夜，你的朋友就闯进来了。”朱利安说，“我只能说你是一个硬心肠的小骗子。你难道不为你所做的感到羞愧吗？”

“我不知道。”乔说。她不太清楚羞愧是一种什么感觉。“我现在该不说了吗？”

“不，拜托你继续往下说。”狄克急促地说，“你和乔治被绑架有什么关系？”

“当她和提摩西一过来的时候，我就学猫头鹰叫。”乔说，“那些人早就准备好了，他们用袋子套住乔治的头，他们一棍子打在提摩西的头上，然后把它也塞进袋子。这些都是我听他们说的，没有亲眼看见。我得溜回这里关上大门，这样的话，如果有人第二天早上发现乔治不见了，也只会认为她一大早去什么地方了。”

“我们就是这么想的。”狄克叹息，“我们真是大傻瓜！我们唯一想到的聪明的事情就是跟踪来取包裹的人。”

“可惜只有我。”乔说，“不管怎么说，我回来就是想告诉你们，我愿意带你们去找乔治，这并不是因为我喜欢她——我不喜欢她。她又粗鲁又可恶。我真希望她一直被绑架！”

“多么‘善良’的本性啊！”朱利安无可奈何地对狄克说。“你怎么能对一个小孩子这样做呢？”他转向乔，“你说你希望乔治一直被绑架，那你为什么又决定

回来告诉我们去哪里找她呢？”

“嗯，我不喜欢乔治，但是我喜欢他！”乔说着，拿勺子指着狄克。“他对我很好，所以我也想对他好。这种感觉不常有。”她赶忙补充道，仿佛表现出友好是不被人欣赏的弱点。“我想让他继续喜欢我。”她说。

狄克看着她。“如果你带我们去找乔治，我还会喜欢你。”他说，“但是，如果你骗我们，那你就是那些酸李子核，被吐得越远越好。”

“我明天带你们去。”乔说。

“乔治在哪里？”朱利安直截了当地问。他觉得最好现在就搞清楚，免得乔第二天早上改变主意，又变回小坏蛋。

乔迟疑了，她看着狄克。“你要是现在告诉我们的话就更好。”狄克说，语气友好温柔。乔喜欢被温柔相待，她无法拒绝。

“嗯，”她低声说，“你们知道的，我告诉过你们，我爸爸走了，把我丢给杰克。爸爸没有告诉我原因，但杰克告诉我了。爸爸把乔治和提摩西关进了我们的大篷车，把那匹叫小黑的马套到车上，连夜离开了。我想我知道他去哪里了——他想藏起来的时候总会去那个地方。”

“哪里？”朱利安问。听到这些被揭露的他完全意想不到的事情，他大感震惊，他怀疑自己是不是在做梦。

“在乌鸦树林。”乔说，“你们不知道在什么地方，但是我知道。我明天带你们去，现在我不能再说了。”她一边用勺子快速地搅拌面包和牛奶，一边透过长长的睫毛看着这两个男孩。

狄克思索着乔所说的。他很确信乔说的是实话，但同时他也很肯定，如果撒谎能让她有好处，她肯定会撒谎。

狄克觉得乔像个小皮猴，冷血、野蛮，但同时他也可怜她，情不自禁地佩服她的勇气。

看到乔身上的瘀伤和擦伤，狄克咬了咬嘴唇。他想到自己是如何扑到她身上，对她一阵猛捶，在她背上踢啊踢啊打啊打啊——完全没有意识到是乔。“很抱歉把你伤成这样。”狄克说，“你知道我不是故意的，这完全是个误会。”

乔看着他，就像奴隶看国王的神情一般。“我不介意。”她说，“我会为你做任何事情，我肯定会的。你很善良。”

乔安娜不耐烦地敲了敲门。“孩子们，你们还没有

好吗？”她说，“我要睡觉了。别让乔说话了，你们也出来睡觉去吧。”

两个男孩打开了门。乔安娜看到他们脸色严肃，猜测刚才乔给他们讲了很重要的事。她把乔手中的空盘子拿走，让乔到沙发上休息。

“现在你赶快睡觉——记住，要是我在夜里听到你搞什么鬼把戏，我就把你的屁股打成花，让你很长时间都痛得没法坐。”乔安娜粗鲁地说，但并无恶意。

乔咧嘴笑了，她明白乔安娜的意思。她依偎在小毯子里，觉得异常温暖舒适，很快就昏昏欲睡。乔安娜上床，关掉了灯。

“凌晨两点了！”听到客厅的钟声，乔安娜嘟哝了一句，“这么多乱七八糟的事情！我明天早上肯定起不来，没法告诉送奶工多送些牛奶。”

只有朱利安没有入睡。他忧心忡忡，不知自己做得对还是不对。可怜的乔治，她现在安全吗？乔那个捣蛋鬼明天真的会带他们去找大篷车吗？还是会把他们送入虎口，让他们全都被抓呢？朱利安不知道答案。

想想吧

1. 到底是谁给提摩西下的药?

2. 乔治被关在哪里?

3. 朱利安为什么睡不着?

第十三章　出发寻找乔治

第二天早晨，乔安娜是屋子里唯一一个早起的人，但还是没有来得及和送奶工说上话。她急匆匆地下楼，已经七点半了，比平时晚了一个小时。她一边系围裙一边忙活。

“都七点半了——这个点才起床！”乔安娜喃喃自语，开始做早饭。她回想昨天晚上发生的一切——先是和小西德度过了奇怪的一晚，然后狄克抓住了乔——乔告诉他们所发生的惊人的一切。下楼之前，她特地看了一眼乔，担心这个小淘气会在半夜里消失。

但乔像小猫崽一样蜷缩在沙发上，她那棕色的小脸蛋紧贴着棕色的小手，她的头发异常光亮整齐，散落在紧闭的眼睛上。当乔安娜急匆匆跑出卧室梳洗穿衣时，乔丝毫没有被惊醒。

其他人都睡得很熟。朱利安最先醒来，但那时也已经八点了。他立刻回想起所发生的一切，立刻从床上跳了起来。

他来到乔安娜的房间，听到她像往常那样在楼下自言自语。他从打开的门往里瞧。谢天谢地——乔还在。

朱利安走过去，轻轻推她。乔翻了个身，把脸埋进枕头里。朱利安更加用力地摇她。他想让她起来，尽快带他们去找乔治！

不可思议的是，到了八点半，大家都起来了。他们喝着粥，默不作声。乔在厨房喝粥，其他人能听到乔安娜在训斥她没有教养。

“你用得着那样把东西都塞进嘴里吗？好像不吃快一点就会有小狗来舔你的盘子一样。谁告诉你把手指伸进糖浆然后又舔手指的？我脑袋后面也长了眼睛，你做什么事情可得小心点！”

乔喜欢乔安娜，她和乔安娜在一起会感到很放松。如果她顺着乔安娜，按照乔安娜的吩咐去做事，乔安娜就会给她好吃的，而且不会干涉她。但如果她不听乔安娜的，她很明白自己会得到什么——责骂甚至一记耳光。乔安娜心地很好，但缺乏耐心，孩子们都不

怕她。吃过早饭，不管乔安娜到哪里，乔都紧紧跟着，像一只小狗那样跟着主人。

到了九点，朱利安来到厨房。“乔在哪里？”他问，“噢，你在这。现在，带我们去你爸爸的大篷车好吗？你确定你认得路吗？”

乔轻蔑地笑了。“我当然认得！方圆好几英里的路我都认得。”

“那好。”朱利安说着，拿出一张地图，摆在厨房的桌子上。他指着地图上的一个地方。“这里是柯林雅舍。”他说，“这里就是乌鸦树林。是你说的那个地方吗？你打算怎么去那里——走这条路还是那条路？”

乔看着地图，这东西对她而言没有任何意义。她茫然地盯着朱利安刚才指着的那个地方。

“嗯？”朱利安不耐烦地说，“那里是你说的乌鸦树林吗？”

“我不知道。”乔说，她显得很无助，“我说的是一片真正的树林——这张地图上你所说的树林，我完全不懂。”

乔安娜轻轻哼了一声。“朱利安，给她看地图没用。我猜她从来就没有见过地图！她甚至都不识字！”

“她不识字？”朱利安大感惊讶，“那她也不会写字。”他疑惑地看着乔。

乔摇摇头。“妈妈试着教过我认字。”她说，“但妈妈自己也不太懂。认字又有什么用呢？又不会帮你逮兔子或者抓鱼，让你吃上饭？对吧？”

“不，识字可以用在别的地方。”朱利安笑着说，“嗯，我明白了，地图对你来说并不适用。”他卷起地图，若有所思。和乔这样的人打交道太难了，因为她对一些事情一窍不通，对另外一些事情却很精通。

“她会认路的。”乔安娜一边刷着平底锅，一边说，“他们这些人能凭嗅觉认路，就像狗认路一样。”

“你能像狗狗那样认路吗？”安好奇地问。她本来是进来看一看发生了什么。她愿意相信，乔能像提摩西那样，可以凭嗅觉认路。

“不，我不会。”乔说，“我只认识我要走的路。而且，我也不走大路！大路太远，要走很久。我只走最近的路，明白吗？”

“你怎么知道哪条是最近的路呢？”安问。

乔耸了耸她那瘦弱的肩膀。这些问题对她来说太无聊。

“那一个男孩在哪里？”她说，“他不去吗？我想

见他。”

“她真的很迷恋狄克。”乔安娜说着，拿起了另外一个平底锅。“他来了——现在，如果你愿意的话，可以对他说甜言蜜语了。”

“嘿，乔！”狄克露出了友好的笑容，“准备好带我们出发了吗？”

“最好晚上去。”乔盯着狄克。

“不行！”狄克说，“我们现在就去。不能再推迟了。现在，乔，就现在！”

“如果我爸爸看见我们，他会很生气的。”乔很固执。

“那好吧。”狄克看着朱利安，“我们自己去。我们已经在地图上找到了乌鸦树林。我们很容易就能到那里。”

“呸！”乔粗鲁地说，“没错，你们能到那里，但是乌鸦树林是一个很大的地方，除了我和爸爸，没有人知道我们把大篷车藏在什么地方。如果爸爸想把乔治藏得让其他人找不到，就会带她去树林中间的秘密据点。明白吗？没有我，你们去不了！”

“好。那就让警察带我们去。”朱利安激动起来，“警察会帮我们搜遍整个树林。我们很快就能找到

乔治。”

“不行！”乔惊慌地叫嚷起来，“你们说过不报警的！你们答应过的！”

“你也答应过的。”朱利安说，“这是一个协议。但是我看你并不值得信赖。我现在就要骑上自行车去警察局。”

还没有等他走出房间，乔扑到他的身上，像猫一样紧紧抓住他的胳膊。“不！不要！我会带你们去！我会信守诺言！但是最好今天晚上再去！”

“我不会再拖了！”朱利安说着，甩开了乔，“如果你说话算数，现在就带我们去。快做决定。”

“我去。”乔说。

“我们是不是最好给她换一条短裤什么的？”安说，她突然看到乔脏兮兮的裤子上有个很大的洞。“她不能穿成这样出去。看看她那件运动衫吧，全都是破洞。”

男孩们看了看乔的衣服。“如果她穿上干净的衣服，就会好闻一些。”乔安娜说，“有一条旧短裤，我上周给乔治洗了，还补了补。乔可以穿。另外，还有一件旧衬衫，她也可以穿。”

不到五分钟，乔就换上了乔治的一条短裤，虽然

上面有很多补丁，但特别干净，她还穿了一件和安身上差不多的衬衫。安看着她，笑了起来。

“现在，她更像乔治了！她们俩酷似姐妹。”

“像亲兄弟吧。”狄克说，“乔治和乔，真是天生一对！”

乔皱起了眉。她不喜欢乔治，也不希望自己看起来像乔治。

“她就连皱起眉来也和乔治一样！”安说。听到这，乔立刻转过身，不过乔安娜依旧可以看到她皱眉的样子。

“天啊，你这个模样真丑！”乔安娜说，“你可得小心啊，风一直吹着——你的脸可能就被风吹定型啦！”

“别闹了！”朱利安不耐烦了，“乔！你听见了吗？快走，现在就带我们去乌鸦森林。”

“杰克可能会看到我们。”乔满脸不高兴。她已经下定决心，能拖多久就是多久。

“没错，有可能。”朱利安说，他从来没有想到过这点。“嗯，你走在最前面，我们远远地跟着你。我们不会让杰克知道你在带路。”

他们终于出发了。乔安娜为他们准备了食物，以

免他们路上饿了。朱利安把东西塞进一个袋子，背在肩上。

乔溜出了后门，来到花园尽头，穿过一片灌木丛，走上小路。其他人从前门出去，慢慢地沿着小路走，等着乔出现。

“她来了。”朱利安说，“快来。我们必须紧紧跟着这个小坏蛋。如果她现在把我们甩了，我也不会惊讶！”

乔步履轻快地走在他们前面，离他们有很长一段距离。她没有留意身后的人，其他人一路紧跟着。

突然，一个黑影从树篱旁大步走出来，站在乔面前，对她说了什么。乔尖叫着，试图躲开，但那个男人一把抓住乔，用力地把她拉进树篱。

“是杰克！”狄克说，“我敢肯定是杰克。他一直在盯着乔。现在我们该怎么办？”

想想吧

1. 乔为什么喜欢乔安娜?

2. 乔为什么不让小伙伴们报警?

3. 谁抓走了乔?

第十四章 西米的大篷车

他们赶紧跑到杰克抓走乔的地方，却根本看不见俩人的踪影。杰克不见了，乔也不见了。几根被折断的树枝挂在树篱间。四下寂静无声，听不到乔的尖叫声，也听不到杰克的喊叫声。他们两个就这样消失在树篱处。

狄克挤过树篱，来到田野。但是那里也没有人影，只有几头母牛摇晃着尾巴，惊讶地看着他。

“田野尽头有一片杂树林。”狄克回头大喊，“我肯定他们就在那里。我过去看看。”

他跑过田野，来到杂树林，但是那里依旧没有任何人。杂树林后面有一排挤挤挨挨的小房子。狄克顺着这些乱乱的房子看过去，感到很恼火。

“我猜杰克已经把乔带进了某间屋子。”他生气地想，“他很有可能住在这里！嗯，他不会放她走，这点

可以肯定。现在他很有可能猜到她和我们一起。可怜的乔！”

狄克回去和其他人会合。他们压低声音，在小路上商量起来。“我们报警吧。”安说。

“不。我们自己去乌鸦树林。”狄克说，“我知道在哪里。我们虽然没有办法走乔原本打算带我们走的路，但至少我们可以看地图。”

“行，我觉得可以。”朱利安说，“走吧，走快点！”

他们沿着小路往前走，又顺着一条田间小径走，最终来到一条大路上。一辆公共汽车朝他们迎面驶过。

“等我们到公交车站，我们要找一班去乌鸦森林附近的车。”朱利安说，“要是能坐上公交车，就可以节省很多时间，就会比杰克更早赶到那里，如果杰克要去给乔的爸爸通风报信的话！我敢肯定乔会把一切都告诉杰克。你宁可相信一条蛇，也不要相信她那样油滑的小家伙。”

“我恨乔！”安快哭了，“我一点也不相信她。狄克，你呢？”

“我不知道。”狄克说，“我不能下定论，现在还没法说她到底值不值得信赖。不管怎么说，昨晚她还是

回来把她所知道的一切都告诉我们了，对不对啊？”

“我觉得她回来不是这个原因。”安坚持道，“我认为她回来是为了打探消息。”

“你说的也许对。”狄克说，“看，这里有一个公交车站，还有时刻表呢！”

有公交车会经过乌鸦森林附近，五分钟后就会到站。他们坐在站台的椅子上等候。车很准时，沿着马路轰隆轰隆开过来。车上坐满了要去乌鸦市场的妇女。这些妇女身材丰满，挎着巨大的篮子。孩子们费了老大劲才挤上车。

所有人都在乌鸦市场下车。朱利安打听去乌鸦树林的路。“就在那边。”乘务员一边说，一边指着不远处山谷中繁茂的树林，“那个地方很大，别迷路了！向那些流浪人打听吧，那边有很多这样的人！”

“谢谢。”朱利安道谢。他们三人往山下走去，他们进到山谷，来到树林。

“好大一片林子。”安说，“除了树还是树。我猜中间的地方肯定树最多，像森林那样。”

他们来到一片空地，那里有一个流浪人聚集的小小营地，停着三辆脏兮兮的大篷车，一群小孩正在用绳子玩某种游戏。朱利安飞快地看了一眼大篷车，车

门都是敞开的。

“乔治不在里面。”他低声对其他人说，“我真希望我知道该怎么走！我想我们最好沿着这条大路走。毕竟，乔的大篷车应该走的是大路。”

“我们难道不能问一问别人，看看他们知道乔的大篷车在哪儿吗？”安说。

“我们不知道她爸爸的名字。”朱利安说。

“但是我们可以告诉别人，那辆大篷车是由一匹叫小黑的马拉着的，有一个叫作乔的女孩和她的爸爸住在里面。”安说。

“对，我把那匹马忘了。”朱利安说。他向一个老妇人走去，那个老妇人正在搅拌柴火堆上一口黑锅里的什么东西。朱利安觉得她像一个女巫。老妇人透过乱蓬蓬的灰白头发看着他。

“请问这林子里有没有这样一辆大篷车，拉车的那匹马叫小黑？”他礼貌地问，“一个叫乔的女孩和她爸爸住在里面。我们想见见那个女孩。”

老妇人眨了眨眼，从锅里拿出一个铁勺，指向右边。

“西米去那边了。”她说，“我这次没有看到乔，但大篷车的门是关着的，也许她在里面。你们找乔干

什么？”

“噢，就是见见她。”朱利安说。他一下子无法找到一个好的理由来解释。“西米就是她的爸爸吗？”

老妇人点点头，又开始搅拌起锅里的东西。朱利安回去找其他人。

“这条路。”他说。他们沿着有车辙的小路往前走，这条路的宽度刚好够一辆大篷车通行。安抬头，看到树枝在头顶摇晃。

“我觉得这些树枝会一直碰到大篷车的顶。”安说，“多么奇特的生活啊——终日住在小小的车里，在树林和田野藏身！”

他们沿着小路前行，小路时而在林间蜿蜒，时而穿过空地。有些地方的树木茂密，大篷车似乎无法通过，但是凌乱的车辙却表明，多辆大篷车确实在这条路上往来。

过了一会儿，树木更密了，阳光几乎无法穿过树枝。然而小路仍在往前延伸，但是现在似乎只能看到两道车辙了，很有可能就是西米的大篷车留下的。

到处都是破碎的树枝，还有一丛灌木被连根拔起，扔在路边。

“西米上次来的时候，应该是计划深入树林。”朱

利安说着，指着路边一丛将死的灌木。“这是他自己清理出来的路。实际上我们走的不是一条原本就有的路，只是跟着车辙往前走。”

确实如此，根本就没有路了。他们现在身处树林最茂密的地方，只有大篷车的车辙在指引他们往前走。

大家陷入沉默。林中很安静，连鸟鸣都听不到。大树枝繁叶茂，周围散发着绿色的微光。

“真希望提摩西和我们在一起。”安终于轻轻地说了一句。

朱利安点点头，他其实一直是这么想的。他还希望没有带安来这里。他们出发的时候有乔带路，遇到危险乔可以提醒他们，现在他们孤立无援。

“我们最好格外小心。”他压低声音说，“我们随时会碰到大篷车，不要让西米听到我们的动静之后埋伏起来。”

“我稍微走在前面，如果我听到或看到什么，就提醒大家。”狄克说。朱利安朝他点点头，于是狄克往前走，遇到车辙拐弯处，他都会谨慎地在树旁张望。朱利安开始想，遇到大篷车他们该怎么做。他很肯定，乔治和提摩西都被锁在车里。

“只要我们打开车门，让他们出来，剩下的提摩西就会搞定。”他想，“提摩西顶得上三个警察！对——这是最佳方案。”

狄克突然停住了，举手示意。他在一棵大树的树干后张望，然后转过身来，兴奋地点头。

“他发现大篷车啦！”安说，她的心脏激动地怦怦直跳。

“待在这。”朱利安对安说。他悄悄跟上狄克。安躲在灌木丛下面。她不喜欢这片黑暗、幽静、笼罩着绿光的树林。她朝外张望，看着两个男孩。

狄克刚才突然发现了大篷车。车身很小，上面的漆都剥落了，似乎被废弃了很久的样子。周围没有火堆。西米并不在附近，连那匹叫小黑的马也不在。

两个男孩盯着大篷车看了几分钟，他们不敢动，也不敢说话。大篷车就停在那片小小的空地上，周围没有任何响动。

门窗紧闭，车辕歪歪斜斜地搁在地上。整个地方似乎被遗弃了。

“狄克。”朱利安终于小声开口，“西米似乎不在这里。这是个好机会！我们爬到大篷车那边，往车窗里面看。我们要设法吸引乔治的注意，尽快把她弄出

来，还有提摩西。”

“提摩西居然没有叫唤。”狄克也低声说，“我猜它没有听到我们来了。我们现在就去大篷车那里吗？”

他们悄悄地跑到小小的车身旁，朱利安透过脏兮兮的窗户往里望。太黑了，什么也看不见。

“乔治！”他轻轻呼喊，“乔治！你在里面吗？”

想想吧

1. 乔被抓到哪里去了？
2. 乔的爸爸叫什么名字？
3. 乔治会在大篷车里吗？

第十五章　安不喜欢冒险

大篷车里没有回应。乔治可能睡着了——也有可能被下药了！提摩西也是。朱利安的心猛地一沉。如果乔治受到虐待，就太可怕了。他试着再朝窗户里面看，但是树林里光线昏暗，再加上玻璃窗上灰尘很多，根本看不清车里面的情形。

“我们要不要敲门？”狄克问。

“不要。那样会惊动西米，如果他在附近的话。如果乔治在里面，还醒着的话，她肯定会听到我们的声音。”朱利安说。

他们悄悄绕到大篷车后门。门锁上没有钥匙。朱利安皱起了眉。

西米一定把钥匙带走了，他们只能破门而入了，但那样会发出响动。朱利安向前走了几步，推了推门。门很结实，怎样才能打开呢？他没有工具，硬踢

硬推看来不能奏效。

他轻轻地敲门。里面没有任何动静。看来真是奇怪。他试着转动圆圆的门把手，门把手一下子就转动了。

不仅门把手转动了，而且，门还开了！“狄克，门没锁！”朱利安惊讶地说，忘记要压低声音了。他走进昏暗的大篷车，并不觉得能在这里看到乔治和提摩西。

狄克跟着朱利安进来。车里空无一人，只有一股难闻的酸臭味，脏乱不堪。车内空荡荡，这正是朱利安所担心的。

朱利安叹了一口气。“我们白费功夫了。他们把乔治带到别处去了。现在完了，狄克。接下来该去哪里，我们一点线索也没有。”

狄克从口袋里掏出手电筒，在大篷车内那一堆乱七八糟的杂物上照来照去，试图寻找乔治在这里待过的蛛丝马迹，但是他没有看到任何能够表明乔治或提摩西来过这里的证据。

“很有可能乔编造了整个故事，说她爸爸把乔治带走了。”他叹气道，“他们好像根本没有来过这里。”

他的手电筒突然照到了大篷车的木质车身上，狄

克的注意力一下子被吸引了。有人在上面写过字！

他靠近一看。“朱利安！这是乔治写的吗？快看！上面写了什么？”

两个男孩弯下腰，凑到脏兮兮的车身前。“红塔、红塔、红塔。”这两个字写得很小，但重复了好几遍。

“红塔！”狄克说，“这是什么意思呢？是乔治写的吗？”

“我觉得是。”朱利安说，“但是她为什么总写这几个字呢？你觉得这是不是他们带她去的地方呢？她可能听到他们说了什么，所以就飞快地写下来了。乔治想着，万一我们找到了大篷车，就会看到这条线索。红塔！听起来怪怪的。”

“我想，肯定是一座有红色塔顶的房子。”狄克说，“嗯，我们最好回去报警，警察会找到红塔的。”

两个男孩失望地折返回去找安。看到他们回来，她从灌木丛中钻了出来。

“乔治不在这里。”狄克说，“她被带走了。但是她来过这——我们看到车身里面有她潦草的字迹。”

“你们怎么知道是她写的呢？”安问。

“她写了很多遍‘红塔’，像是她的笔迹。”狄克说，“我们觉得她肯定听到有人说要把她带去一个叫作

‘红塔’的地方。我们现在最好去报警。真希望当初没有听乔的。我们已经浪费太多时间了。”

“我们吃点东西吧。”朱利安说，“我们别坐下了，边走边吃，快走吧。”

但是没有人想吃东西。安说她觉得不舒服；朱利安忧心忡忡，吃不下东西；狄克心急如焚，觉得打开三明治来吃浪费时间！他们开始往回走，像之前那样沿着车辙前行。

天色突然变暗，大雨如注，拍打着树叶，发出哗哗的响声。雷声轰鸣。

安抓住朱利安的胳膊，她感到害怕。“朱利安！在林子里真危险啊，是不是啊？尤其是刮风下雨的时候。噢，朱利安，我们会被闪电击中的。”

“不，不会的。”朱利安说，“树林并不危险，在一棵孤零零的树下才危险呢。看，那里有一块空地，如果你愿意，我们可以到那里去。”

但是当他们到达空地时，大雨依旧倾盆而下，朱利安可以预见到，他们马上就会被淋透。他匆忙拉着安跑到一丛灌木旁，蹲下身子，等暴风雨过去。

很快，雨就停了，隆隆的雷声向东而去，闪电也没有了。树林明亮了一些，仿佛在浓密苍翠的树枝上

有阳光照射！

“我讨厌树林！”狄克说着，从灌木丛中爬出来。“快点，我们快回到有车辙的路上去。”

狄克带领大家穿过树林。朱利安叫住他：“狄克，等等，你确定是这条路吗？”

狄克停住了脚步，显得很焦虑。“嗯。”他不确定地说，“我想是这条路，但是我不确定。你呢？”

“我觉得是要穿过那边的树林。”朱利安说，“小空地那边。”

他们走向空地。“不是之前那块空地。”安立刻说，“那块空地旁边有一棵枯树，这里没有。”

“唉！”朱利安说，“嗯，那就试试这条路。”

他们往左走，很快就发现他们置身于一个更加茂密的树林。朱利安心灰意冷。他觉得自己简直是个白痴！他早应该知道的，离开唯一认识的路，却不做任何标记，就是愚蠢至极。

现在，他一点也不记得有车辙的路在哪里。任何方向都有可能！此外，头顶也没有阳光给他指路。

朱利安沮丧地看着狄克。“太糟了！”狄克说，“嗯——我们必须决定走哪条路！我们不能待在原地不动。”

“我们可能会越走越往里的。”安说，她突然感到害怕，倒吸了一口气。朱利安搂着她的肩膀。

“嗯，我们就直着走下去，穿过森林。”安说，“我们总会从另外一边出去的。”

男孩们没有告诉她，直着穿过森林是不可能的。有时候要绕过灌木丛，有时候遇到走不过去的地方要原路折返，有时候有树丛挡路要走左右两侧。直直地穿过森林是完全不可能的。

“很有可能我们一直在绕圈子转来转去，就像那些在沙漠里面迷路的人一样。”朱利安想，他为离开有车辙的小路而深感自责。

他们就这样走了两三个小时。突然，安绊了一跤，跌倒了。“我走不动了。”她大哭起来，“我要休息。”

狄克看了一眼手表，吹了声口哨。时间都去哪儿啦？都快下午三点了。他坐在安旁边，把她拉到自己身边。“真想美餐一顿。”他说，“早饭后我们就没吃东西了。”

安说她不饿，但是当她闻到乔安娜做的三明治的香味时，又改变了主意。她很快和两个男孩一起吃了起来，这才感觉好些了。

“真可惜没有什么喝的。”狄克说，“不过乔安娜还

打包好了番茄和李子，这些东西有汁水，很好吃，正好可以解渴。”

他们把所有的东西都吃光了。朱利安暗自担心，一下子把所有的东西吃光了会不会不太好。现在根本不知道他们还要在这片乌鸦树林里走多久呢！乔安娜应该迟早会担心他们，会告诉警察他们来这里了，警察就会展开搜寻。但是，要找到他们可能会花好长时间。

吃过饭后，安睡着了。两个男孩在她头顶小声说话。“我真不喜欢这样。”狄克说，“我们出发来找乔治，结果自己却迷路了。这次冒险不像以前那样顺利。”

“如果在天黑之前还没有走出这片林子，我们就得在灌木丛中搭个床了。”朱利安说，“安醒来之后，我们再走一会儿，我们还要试着大声呼救。如果我们还是迷路了，就只能在这里过夜了。”但是当夜幕降临的时候——在茂密的树林里，夜晚来得早——他们还是没有走出树林。他们的嗓子也因为大声呼喊而沙哑了。

三个人默默地从空地上拔了一些蕨菜，把它们堆在灌木丛下，勉强栖身。“幸好今天晚上很暖和。”狄

克说，他尽量说得欢快点，“嗯——我们明天早上就恢复精力了。安，躺在我身边，别着凉。对，朱利安在你那边！这样才是真正的冒险呢！”

“我不喜欢冒险。”安小声说，很快就进入了梦乡。

想想吧

1. 乔治写下了什么信息？

2. 在树林里，
为什么走直线是不可能的？

3. 安为什么不喜欢这次的冒险？

第十六章　夜间访客

朱利安和狄克难以入眠。他们俩都忧心忡忡，既担心乔治，也担心他们自己。此外，他们饥肠辘辘。饥饿和忧虑交织，他们无法入睡。

终于，狄克睡着了，但朱利安还醒着，他希望睡在他俩中间的安可以感到温暖和舒服，尽管他自己觉得并不是那么暖和。

朱利安听到林间树叶的沙沙声，还有小爪子爬过的声音。他在想那是什么动物——是老鼠吗?

有什么东西轻轻掠过朱利安的头发，他哆嗦了一下。也许是一只蜘蛛。可是他不能动，否则会惊醒安。如果蜘蛛想在他头发上结网，那也只能由它了。他闭上眼睛，开始打盹，很快就睡着了。

他突然惊醒了。他听到了猫头鹰的叫声。这声音吵醒了他。现在他又要过好久才能入睡了。

朱利安闭上眼睛。猫头鹰又叫了起来，他皱了皱眉，希望安不要被吵醒。安说起了梦话。朱利安轻轻地拍了拍她，她感到很暖和。

他再次躺下，闭上眼睛。然后又睁开眼睛。他听到了什么！不是猫头鹰的叫声，也不是小动物的脚步声，而是另外一种声音——好像是体形更大的动物发出的。朱利安侧耳倾听。某个地方传来沙沙声，附近应该有只体形较大的动物。

朱利安突然感到惊恐不安，他随即安慰自己：这个地方没有什么危险的野生动物，连狼也没有。很有可能是一只夜间出来觅食的獾。他仔细听是否有鼻息声，但是没有听到，只听到那只动物穿过灌木丛时发出的沙沙声。

那只不明动物越来越近，就快到他眼前了！他感觉到耳朵旁有温热的呼吸声，吓得抖动了一下。他猛地坐起来，伸出手，摸到了一个热乎乎、毛茸茸的东西。他立刻缩回手，吓得赶紧去摸手电筒。尽管朱利安向来很勇敢，但是在漆黑的夜晚，摸到一个热乎乎、毛茸茸的东西，也让他毛骨悚然。

那个“东西”抓住了他。朱利安大叫起来，拼命想挣脱。朱利安做梦也没有想到，那个“东西”开口

说话了。

“朱利安！”一个声音说，“是我！”

朱利安的手还在颤抖，他打开了手电筒。灯光照在一张脏兮兮的小黑脸上，凌乱的头发遮住了眼睛。

“乔！”朱利安惊呼，“乔！你怎么在这里？你吓死我了，我还以为是什么可怕的长毛怪。我刚才肯定是摸到了你的头。”

“确实是。”乔说着，从灌木丛中钻出来。安和狄克都被朱利安的叫声惊醒了，他们惊讶地盯着乔，说不出话来。乔居然出现在这林子中间！她是怎么到这里的？

“你们看到我很惊讶吧，是不是啊？”乔说，“我被杰克抓住了，但是他不知道你们在后面跟着。他把我拖到他住的小屋子里关了起来。他知道我在柯林雅舍住了一晚，他说他要带我去见我爸爸，要他狠狠揍我一顿。我爸爸肯定会这样做的。”

“原来你经历了这么多事情！”狄克说。

“然后我把窗户打破，逃了出来。”乔说，“那个可恶的杰克！我绝对不会再听他的话了——居然把我那样锁起来。我最讨厌那样！嗯，然后我就过来找你们了。”

“你是怎么找到我们的？”朱利安好奇地问。

“我首先去了大篷车那里。”乔说，“史密斯老婆婆，就是那个总是在搅拌那口锅的婆婆，是她告诉我说，你们打听过我爸爸的大篷车。我猜你们去找我爸爸的大篷车了。我在你们后面到了那里，却只看见大篷车，没看到任何人，连乔治也不在。”

“乔治在哪里？你知道吗？”安问。

“我不知道。”乔说，“爸爸把她带到什么地方了。我想他是骑马把乔治带走的，因为小黑也不见了。”

“提摩西呢？”狄克问。

乔看着远方。“我猜他们把提摩西干掉了。”她说。大家都没有说话。想到提摩西可能受到的伤害，他们不知道说什么好。

“你是怎么找到我们的？”朱利安终于开口问道。

“很简单。”乔说，“我可以追踪任何人的脚印。我本来可以更快找到你们的，不过天黑了。天哪，你们该不是一直在绕弯吧？”

“确实是这样。”狄克说，“那你的意思是说，你也一直在跟着我们绕来绕去？”

“是的。”乔说，“可把我累坏了，跟着你们一直绕来绕去的。你们为什么不走有车辙的路呢？”

灯光照在一张脏兮兮的小黑脸上

朱利安把经过告诉她。“你真傻。”乔说，“要是你们离开了大路，就得沿途在树上做标记，这里一个那里一个，这样才能找到回去的路。”

“之前我们根本不知道自己迷路了。”安说，她抓住乔的手，紧紧地抓着。看到乔来了，她可开心了。现在他们终于可以走出这片可怕的林子了。

乔又惊喜又感动，但是她立刻缩回了手。她不喜欢被其他人抚摩，尽管她不介意狄克拉她的手。狄克是她心中的英雄，比其他人更加重要。他对她真诚友好，她很高兴自己终于找到了他。

“我们发现大篷车上有字。”朱利安说，“我想我们已经知道乔治被带到哪里去了。是一个叫作红塔的地方。你知道这个地方吗？”

“没有叫作红塔的地方。”乔马上说，“那是……”

“别傻了，乔。你并不知道有没有叫作红塔的地方。”狄克不耐烦地说，“也许有成百上千个叫这个名字的地方。不管怎么说，我们必须找到这个地方。警察会知道的。”

乔吓了一跳。“你们答应过不会报警的。”

“是的——我们确实答应过——但前提是你带我们找到乔治。”狄克说，“但是你并没有。就算你带我们

找到了大篷车，但是乔治并不在车里。所以我们最好现在就叫警察来，看看红塔在哪里。”

“乔治写的是红塔吗？”乔问，“嗯，我可以带你们找到乔治！”

“你怎么找到？你刚才都说了没有叫作红塔的地方。”朱利安恼火起来，“乔，我不相信你说的话。你是一个骗子——我觉得你还在和我们的敌人一起欺骗我们！”

“我不是骗子！”乔说，“我不是骗子！你们太欺负人了。告诉你们，红塔不是一个地方，红塔是个人。”

听到这句话，大家惊讶得说不出话来。一个人！没有人想到这点。

乔很得意她带来的这番震惊效果，继续说道：“他的名字叫作塔，他有一头红头发，像火一样红，所以他被叫作红塔。明白了吧？”

“万一你这是在瞎编呢？”沉默了一阵后，狄克开口说，“你以前也瞎编过，你知道的。”

“好吧。你可以认为我在瞎编。”乔面带怒色，“我走了。你们自己尽力去走出这片林子吧。你真可恶！”

她转身要走，但是朱利安抓住了她的胳膊。“哦，不要走！你现在要和我们在一起，哪怕我要整个晚上把你和我绑在一起！乔，看到了吗，我们很难相信你——这是你的错，不是我们的错。但我们还愿意相信你一次。告诉我们红塔的故事，带我们去他住的地方。如果你这样做，我们以后都会相信你。”

“狄克也会相信我吗？”乔一边说，一边试图挣脱朱利安的手。

“会！”狄克马上说。他觉得他真想揍这个流浪女孩，她善变，惹人厌，不同寻常，但又有几分惹人爱。“但是现在我没有那么喜欢你。如果你想让我们喜欢你，信任你，你必须比以前更卖力地帮我们。”

“没问题。”乔说，她又坐了下来。“我很累了。明天早上我带你们走出这片林子，然后我带你们去红塔住的地方。但是你们不会喜欢红塔的，他是个非常令人讨厌的人。”

乔不再说话了，其他人试着再次入睡。有乔和他们在一起，还会带他们走出树林，他们可高兴了。朱利安觉得乔不会在这样的时刻离开他们，于是闭上眼睛，很快就睡着了。

乔最先醒了，她像动物一样伸着懒腰，忘记了自

己在哪里。她叫醒了其他人，他们都坐了起来，各个身上脏兮兮的，腰酸背痛，又饥又渴。

“我渴了，也饿了。”安抱怨说，“我们去哪里弄点吃的？”

“最好回家洗个澡，吃顿饭，让乔安娜知道我们在哪里。”朱利安说，“走吧，乔——给我们带路。”

乔立刻给大家带路。他们都很好奇她究竟是怎么认路的。不到两分钟，他们就回到了有车辙的路上，他们更惊讶了。

“天哪！我们竟然离那条路这么近！”狄克说，“但是我们好像在这片可怕的林子里绕了好几英里。”

“是的。”乔说，“你们绕了好大一圈，差点回到原来出发的地方。来吧，现在我走小路带你们回家，比你们坐巴士快多了！”

想想吧

1. 乔为什么要帮助小伙伴们？

2. 红塔是什么意思？

3. 小伙伴们为什么一直在树林里绕圈？

第十七章　乘乔治的船出发

看到他们回来，乔安娜松了一口气。昨天晚上，她忧心忡忡，要是电话线修好了，她早就报警了，但是她根本打不了电话。天又黑，她不敢走到村子里去。

“我昨晚一夜没睡。”她说，“朱利安，绝不能再发生这种事情了。都快把我吓死了。现在，你还没有把乔治和提摩西找回来。我告诉你，如果他们还没有回来，我就要管这事了。我还没有收到你叔叔和婶婶的信，希望他们不要也失踪了！”

发了一通牢骚之后，她开始忙活起来，给他们煎香肠和番茄。孩子们等不及食物煮好，先吃了许多黄油面包。

“我要先吃东西再去洗澡。”安说，“乔，我真开心你知道这么多近道，比我们坐公交车快些。”

乔一路上老练自信的样子让他们大开眼界。她领着他们穿过田野，走过狭窄的小路，越过栅栏，穿过菜地。她根本就没有不知道怎么走的时候。

他们到家的时候，乔安娜刚起床不久，当她看到他们从门前的小路走回来时，又惊又喜，如释重负，激动得快哭了。

“瞧瞧你们邋里邋遢的样子。”乔安娜一边说着，一边把他们的早餐盛到一个大盘子里。“我去厨房生火，烧水给你们洗澡。你们都可以和小邋遢乔当兄弟姐妹了。”

乔一点也不介意这个称呼。她嚼着面包，咧嘴笑了。她狼吞虎咽地吃着早餐，一点都不讲究什么餐桌礼仪——不过其他人也一样，他们都太饿了！

“你们快用铲子和铁锹吃早餐吧，别用刀叉了。”乔安娜很不满，“你们简直是把食物铲进嘴里。朱利安，我没法煮更多东西了。家里一根香肠也不剩了，一点培根也没了。你们就吃点面包果酱吧。”

早饭过后，洗澡水一直在哗啦哗啦地流。四个人都洗了澡。乔本来不想洗澡，但是乔安娜却拿着地毯拍打器追着她跑，声称如果乔不洗澡的话，就把她身上的尘土都打出来。乔不得不洗澡，洗澡的时候她觉

得很舒服。

早饭后，他们在一起商议。“红塔这个家伙。”朱利安说，“乔，他是谁？你了解他吗？”

“不太了解。”乔说，“他很有钱，说话怪里怪气，我觉得他很疯狂。他让我爸爸和杰克这样的人帮他干脏活。”

“什么脏活？”狄克问。

“嗯，偷东西之类的。”乔含糊地说，“我并不十分清楚。爸爸不给我讲太多，我只是照他们所说的做，不多问。我可不想被多扇几个耳光！”

“他住在哪里？”安问，“远吗？”

“他在悬崖边有栋房子。”乔说，“我不知道怎么走路去，只知道怎么坐船去。那是一个奇怪的地方，就像一个小小的城堡，有厚厚的石头墙。爸爸说，那是红塔的地盘。”

“你去过那里吗？”狄克急切地问。

乔点点头。“去过。”她说，“两次。有一次爸爸带了一个大铁盒去那里，还有一次他把东西装在麻袋里面带过去。我和他一块去的。”

“为什么带你去？”朱利安问，“我想他不希望你在旁边捣乱！”

“我得帮忙划船。”乔说，“我跟你们说过，红塔的房子在悬崖上面。我们得坐船去，我不知道怎么走路去。我们在一个海湾上岸，后面有一个岩洞，我们从那里进去，红塔在那里见我们。他自己说他从悬崖的城堡那里来，但是我不知道他怎么下来的。”

狄克仔细地打量着乔。“我猜你接下来会说，有一条密道从岩洞通往房子！”他说，“接着说吧！”

“肯定是。”乔说。她突然瞪着狄克。“你难道不相信我？那好吧，你自己去找！”

“嗯，听起来像书里面的故事那样。”朱利安说，“乔，你确定这都是真的吗？你知道的，我们不想再去追野鹅[1]了。”

“我的故事里面根本没有野鹅。”乔困惑不解，她根本就不知道“追野鹅”的真正含义。“我在跟你们讲红塔的事情。你们准备好了，我们就出发。不过我们得先弄到一条船。”

“用乔治的船。”狄克站了起来，“乔，是这样，我觉得这一次我们最好把安留在家里。我不想让她参与危险的事情。”

① 原文是 a wild-goose chase，字面意思是追野鹅，形容徒劳无功地寻找，白费劲。——译者注

“我想去。”安马上说。

“不，你和我待在家。”乔安娜说，“今天我需要人陪。发生了这么多事，我害怕一个人待在家里。你得留下了陪着我。”

于是安留了下来，目送三个小伙伴离开。乔溜进了树篱，以免杰克在附近，被他看到。朱利安和狄克向海滩走去，他们环视四周，确保视线里没有流浪汉。

他们向乔示意，乔飞快地从藏身处出来，跳进乔治的小船。她躺了下来，免得被发现。两个男孩把船拉进海里，狄克跳了进去。一个大浪打来，朱利安把船猛地一推，然后跳进船里。

“要走多远呢？”朱利安问乔，乔还躲在船底。

“我不知道。”乔说，她还是像以往那样含糊其词，真令人烦心。“也许两个小时，也许三个小时。”

乔的时间观念和别人不太一样。首先，乔不像其他人那样有手表，可以时不时看一眼时间。另外，即便她有手表，她也不觉得手表有什么用，因为她不会看时间。对她来说，时间只是白天和黑夜的区别，除此之外，别无其他区别。

狄克扬起了小帆。此时是顺风，他想借助风力前

行，这样可以更快到达。

“你带了乔安娜给我们准备的午餐了吗？”朱利安问狄克，“我没有看见午餐。”

“乔！你肯定是压在午餐上面了！”狄克说。

“不会压坏的。”乔说。他们一到宽阔的海面上，乔就坐了起来，她主动承担了掌舵的任务。

乔非常熟练地驾船。男孩们发现，他们可以放心地将船交给她。朱利安打开了随身携带的地图。

“我想知道红塔到底住在哪里。”他说，“从这里到利莫斯雷港，一路上都非常荒凉。如果这附近有城堡一样的建筑，那肯定是一个孤零零的场所。这附近好几英里都没有小渔村。”

船一路向前，时不时有强风吹来，船开得飞快。朱利安从乔手中接过舵柄。“我们已经走了很远了。”他说，“那个地方在哪里啊？乔，你确定你知道吗？”

“当然知道。”乔不屑地说，“我想就在远处的岩石悬崖附近。”

她是对的。当他们绕过高高的悬崖时，乔得意地指着悬崖上的嶙峋怪石。

“就在那里！看到那上面了吗？那是红塔的房子。”

男孩们看过去。那是一栋阴冷的、灰色石头建筑，

就像乔所说的那样，像一座城堡。它俯视着大海，上面还有一个方形的塔。

“去那里之前还要经过一个海湾。”乔说，“小心——那个海湾很隐蔽。”

果然很隐蔽。小船驶过去时，他们才注意到。“那里！”乔急忙大喊。

他们赶紧把风帆取下来，把船往回划。两层岩石从悬崖上突出来，海湾就在这些岩石中间。海湾风平浪静，小船随着海水涨落而起伏。

“别人能从上面的房子看到我们吗？”当他们把船划到海湾背面时，狄克问。

“我不知道。”乔说，“我想应该不会。看——快把船绑到那块大石头后面。我们不知道还会有谁来这里。”

他们把小船拖上岸。狄克找来许多海草，覆盖在船上，很快，小船看起来就像一块岩石了。

“接下来做什么？”朱利安问，“你说的岩洞在哪里？”

“就在上面。”乔说。她开始像一只猴子那样攀爬岩壁。两个男孩本来都很擅长攀岩，但是他们很快发现自己爬不动了。乔爬下来到他们身边。“怎么啦？”

她说，“如果我爸爸都能爬，你们肯定也能！”

“你爸爸以前是耍杂技的。”朱利安说。突然，他从岩石上滑落了几英尺。“哦，我不喜欢这样，真希望有根绳子。”

“船里有根绳子。我去拿。”乔说。她以惊人的速度滑下悬崖，下到海湾。她很快拿着绳子爬了上来。她爬到高一点的地方，把绳子系在什么东西上。绳子刚好垂落到狄克和朱利安旁边，当时他俩正拼命抓着岩石，免得掉下去。

有了绳子，爬起来就容易多了。两个男孩很快就站到了一处岩架上，他们向一个形状奇怪的洞穴里面望去。洞穴呈椭圆形，里面非常昏暗。

“这里进来。”乔一边说着，一边在前面带路。朱利安和狄克踉踉跄跄地跟在后面。他们究竟是要去往哪里呢？

想想吧

1. 红塔住在哪里?

2. 乔的时间观念为什么和别人不一样?

3. 朱利安他们是如何把船藏好的?

第十八章 真正的冒险开始了

乔带他们走进一条狭窄的岩石通道，然后又进入一个更宽敞一些的洞里。这个洞湿湿的，石壁上有水珠滴落。朱利安庆幸自己带了手电筒。这里阴森恐怖，寒气逼人，还带着一股霉味。朱利安不寒而栗。有东西擦过他的脸，他吓得往后一跳。

“那是什么？”他问。

“蝙蝠。”乔说，“这里有成百上千只蝙蝠，所以这个洞里有股酸臭味。快走！我们绕过这个洞，另外一个洞会好一些。”

他们从一块岩石的拐角处挤过去，来到了一个较为干燥的洞里，这里没有那么强烈的蝙蝠味道。“我最远就到过这里。”乔说，“我和爸爸就在这里等红塔。他总是突然出现，我不知道他从哪来冒出来的。”

“嗯，他一定是从哪里走过来的。”狄克说着，也

打开了手电筒。“很有可能有一条密道。我们很快就能找到。”

狄克和朱利安在岩洞里面四处搜寻，寻找往上通往悬崖、进到房子的通道或洞口。红塔一定是从某个这样的密道下来，来到岩洞的。乔没有带手电筒，她在一处角落里面等着。

突然，男孩们吓了一大跳——一个低沉的声音猛地从洞里传出来，声音很大，带着愤怒，两个男孩的心吓得怦怦直跳。

“你们！你们居然敢闯入此地！”

乔立刻溜到了一块岩石后面，像只赶紧寻找庇护的动物。两个男孩站在原地，一动不动。这个声音从何而来？

“你们是谁？”声音低吼。

“你是谁？”朱利安大声回答，“出来吧！现身吧！我们来找一个叫红塔的人。带我们去见他。”

一阵沉默。声音的主人仿佛吃了一惊。随后，低沉的声音再次响起。

“你们为什么要见红塔？谁派你们来的？”

“没有人带我们来。我们来这里，是找我们的堂妹乔治和她的小狗。”朱利安也低吼起来，他把手做成

漏斗形状，用手拢住嘴，试图在声音上压倒对方。

又是一阵沉默，对方似乎很吃惊。接着，从低矮洞顶的一个洞口，现出了两条腿。有人从上面轻轻地跳到了他们身边。两个男孩惊讶地往后退。他们根本没有想到，声音是从洞顶发出来的！

朱利安拿手电筒照向这个人。他身材高大，有火红的头发，他的眉毛也是红的，胡子也是红的，胡子下面半藏着一张冷酷的嘴。朱利安看了一眼这个人的眼睛，就不想再看。

“他像个疯子。”朱利安想，“应该就是红塔了。他是做什么的呢？像昆丁叔叔那样的科学家吗？又嫉妒叔叔的成果？还是某个大型犯罪团伙里的小偷？专门偷盗重要文件然后卖掉？不管他是谁，他都是个疯子。”

红塔紧紧盯着两个男孩。“你们觉得你们的堂妹在我这。”他说，“谁告诉你们这种荒唐的故事的？”

朱利安没有回答。红塔向前一步，逼近他。“谁告诉你的？”

“警察来了我再告诉你。”朱利安大着胆子说。

红塔退后了一步。

“警察！他们知道什么？他们为什么来这里？

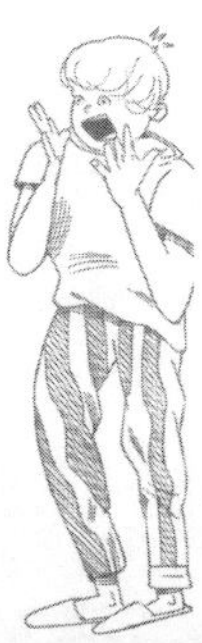

快说！”

“红塔先生，我们还有很多事情要问你。”朱利安说，“谁派人来偷走我叔叔的文件？谁送来纸条要另外一个笔记本？谁绑架了我们的堂妹，拿她作为得到文件的筹码？谁把她从西米的大篷车带到这里来？谁……”

“啊！”红塔说，声音中带着惊恐，“你们怎么知道这些的？这不是真的！警察——警察也听到这些胡话了吗？”

“你觉得呢？”朱利安说。他真希望警察都知道这一切，而不仅仅是自己在这里虚张声势。红塔摸了摸胡子，他的那双绿眼睛亮着光，他在飞快地想着什么。

突然，他朝着上方的洞口，大喊着。“马克霍夫！快下来！”

两条腿从洞口荡下来。一个矮矮的粗壮男人跳到了两个男孩身旁，他们吓了一大跳。

“去悬崖下面。去海湾那里找一艘船——我们看到这两个男孩坐船过来的。”红塔厉声说，“把船砸碎，然后回到这里，把这两个男孩带到院子里去，把他们绑起来。我们必须马上离开，带着那个女孩离开。”

那个男人站在那里听着，脸色阴沉。“我们怎么走？”他说，“直升机还没有准备好，你知道的。”

“那就赶快去准备。”红塔厉声道，“今晚必须走！警察就要来了——听到了吗？这个男孩已经知道了一切——他告诉我了——警察肯定也知道了一切。我告诉你，我们必须走。”

“那条狗呢？”男人问。

“把它杀了。”红塔吩咐，“走之前杀死它。不过是个畜生，我们早就应该把它干掉。现在，马上去把船毁掉。”

男人消失在岩洞的角落，那里通往那个蝙蝠洞。朱利安攥紧了拳头。想到乔治的小船要被砸烂，他恨透了这帮人。红塔站在那里等着，他的眼睛在手电筒的灯光下发着光。

“要是飞机上还有位置，我就把你们也带上。”红塔突然冲着朱利安大吼，“我要把你们俩丢到海里！”

“告诉你叔叔，他能从我这里得到他宝贝女儿的消息——我们做个交易。如果他想要回女儿，就把我要的笔记本给我送来。多谢你们来通知我。我会在警察到来之前离开的。”

他开始在岩洞里面踱步，嘴里还嘟囔着什么。狄

克和朱利安看着他，一言不发。他们很担心乔治。红塔真的会把她带上直升机吗？他真是个疯子，什么都干得出来。

那个面色阴沉的人终于回来了。“砸碎了。”他说。

“好。”红塔说，“我先走，这两个男孩跟着，你在后头。如果他们惹事，给我狠狠地踢他们。”

红塔跳进头顶的洞里。朱利安和狄克跟着，这时反抗毫无意义。后面的那个人阴郁可怕，紧跟在身后，绝不容许他们有任何反抗。

没有乔的身影。她一直藏得好好的，不过已经吓得僵住了。朱利安不知道应该怎样给乔发信号。他绝不能告诉红塔乔在这里，但是把乔一个人留在这里似乎也很危险。不过，她古灵精怪，也许会自己想办法。

红塔带着他们穿过另外一个岩洞，进入一条低矮的通道，他不得不弯腰走路。

后面那个男人打开了一个非常亮的手电筒，很容易看清周围的环境。通道向上倾斜，显然是通往悬崖上的城堡。有个地方坡度很陡，不过那里安装了扶手，可以方便人行走。

接着，出现了一段台阶，这段台阶是从岩石上凿

出来的——异常粗糙、陡峭，每爬一级台阶都得费很大劲。

台阶顶部有一扇结实的门，固定在宽大的门框上。红塔推开门，阳光倾泻下来，朱利安不由得眨了眨眼睛。他往外看去，看到一个非常大的院子，院子里铺着大而扁平的石砖，砖缝里面疯长了各种野草。

院子中间停着一架直升机。在这个老旧的院子里，居然有这么一架直升机，看起来很奇怪，与整个院子风格不协调。房子对着三面院墙，房子中间矗立着一个高高的方形塔楼，上面长满了爬山虎和常春藤。

一堵高高的围墙，中间有一扇巨大的门，门紧锁着。朱利安从自己站着的地方看过去，看到了门上有许多巨大的门闩。

"就像一个小堡垒。"朱利安心想，他感到非常吃惊。突然，他觉得自己被人抓住，带到了附近的一个棚子里。他的双臂被强行压在身后，手腕被紧紧绑住。一根绳子穿过一个铁环，被牢牢地系住。

朱利安怒视着那个壮汉，他正在对狄克做同样的事情。他扭动着身体，想看看绳子是如何系上的，但是他被紧紧捆绑着，根本转不了身。

他抬头看那座塔。一张小小的、忧郁的脸正在往

窗户外面张望。朱利安的心怦怦直跳起来。那上面一定是可怜的乔治。他不知道乔治有没有看到他们。他希望她没有，因为如果她知道他和狄克被抓了起来，一定会非常难过。

提摩西在哪里？似乎哪里也没有它的身影。但是等一等——院子对面好像有个像凉亭一样的地方，里面好像躺着什么？会是提摩西吗？如果是的话，听到他们走进院子时，提摩西肯定会叫唤一声的。

“那是我堂妹的狗吗？”他问那个面色阴沉的男人。

那个男人点点头。“没错。它叫得太厉害了，一半时间被下了药。不过是只畜生，对吗？早就应该毙掉了，我觉得。”

红塔走过院子，消失在一道石拱门后。那个面色阴郁的男人跟着他。朱利安和狄克被留在院子里。

“我们又把事情搞砸了。”朱利安叹了一口气，“现在这些家伙就要逃之夭夭了，还要把乔治带走——我们反倒是提醒了他们！”

狄克一言不发。他觉得很难受，手腕被绑得很疼。两个男孩站在那里，不知道会发生什么。

“嘘——”

那是什么声音？朱利安猛地转过头，朝着连接地下通道和院子的大门那个方向看过去。乔站在那里，半个身子隐藏在拱门后面。“嘘——我过来帮你们解绳子。现在附近安全吗？”

想想吧

1. 红塔是从哪里冒出来的?
2. 为什么朱利安和狄克不反抗?
3. 谁来帮助朱利安和狄克了?

第十九章 令人惊喜的乔

“乔！”两个男孩齐声叫道，他们瞬间燃起了希望，“快来！”

院子里没有其他人。乔轻手轻脚地溜过门廊，溜进小屋。

“我裤子后面的口袋里有一把小刀。”朱利安说，“快拿出来。割断绳子比解开要快得多。乔——我从前见到任何人都没有这么开心过。”

乔咧嘴笑了，她把那把结实的小刀从朱利安的口袋里掏出来。她打开小刀，用拇指轻轻试了试刀刃。小刀非常锋利。她开始用刀割绑在朱利安身上的粗绳。这把刀很容易就割断了绳子的纤维。

“我一直在后面等着。”乔一边割一边飞快地说，“直到安全了我才跟上来。但是洞里太黑了，我不喜欢黑漆漆的感觉。后来我走到那扇门那里，偷偷往外

看，我从那里看到了你们，我真是太高兴了。”

“幸好那些坏人没有看到你躲在那里。”狄克说，“乔，好样的！我收回我对你说过的所有坏话！”

乔开心极了。她切断了捆住朱利安的最后一点绳子。朱利安扭了扭身子，从铁环中挣脱出来，轻轻揉着他那僵硬、疼痛的手腕。乔开始割绑住狄克的绳子，很快就割断了。

“乔治在哪里？”乔帮狄克揉了揉他的手腕和手臂，问道。

“就在那个塔上面。”朱利安说，“如果我们进到院子里面去，抬头往上看，就会看到她。还有可怜的提摩西，它正躺在那边的凉亭里，被人下了药。”

“我不会让他们开枪打死提摩西的。”乔说，“它是一条很好的狗。我要去那里把它拖到下面的那些岩洞。”

“现在不要！”朱利安惊恐地说，“如果你被他们发现了，一切都完了。我们几个都会被绑起来的！”

但是乔已经跑到凉亭那边了，她正在抚摩着可怜的提摩西。

门砰的一声响了，男孩们吓了一大跳，乔立刻躲到了凉亭背后的阴影处。是红塔，正穿过院子走

过来！

“快！他要过来了！”狄克惊慌地说，“我们赶快回到铁环那里，把手放到后面，这样他会认为我们还被绑着。”

红塔走到小屋前，看到两个男孩的手依旧被绑在后面，他哈哈大笑起来。

“你们就待在这里，等警察来吧！”他说着，关上了屋门，锁住门。接着，他走到直升机前，仔仔细细地检查。然后，他回到他来时的那扇门前，打开门，砰的一声关上门。他走了。

一切都安静下来。乔赶快从凉亭跑回小屋。她打开门锁。“快出来！”她说，“我们继续把门锁上，这样没人发现你们跑了。快！”

现在，唯一能做的就是跑出来，并希望没有人发现他们。男孩们连忙跑了出来，乔在他们身后锁上门，催促他们赶快逃到通往地下岩洞的门口去。他们赶紧溜过门口，猫着腰走下陡峭的台阶。

“乔，谢谢你！”狄克说。

他们坐了下来。朱利安挠了挠头，他平生头一回手足无措。警察根本就不会来，因为他们根本就不知道关于红塔的事情，也不知道乔治在哪里。不久，乔

治就会被带上直升机，提摩西就会被开枪打死。

朱利安想着那座高高的方塔，叹息道：“没有办法把乔治从塔里救出来。”他大声说：“那里肯定被锁住了，窗户上肯定安了铁栏杆，否则乔治早就自己逃了出来。我们甚至都没法靠近她。我们跑回那栋房子是没有用的——我们肯定会立刻被人发现，被抓起来。”

乔看着狄克。“你们真的很想救乔治吗？”她说。

“这还用说?！”狄克说，“这是我最想做的事情。”

“嗯——那我们现在就去救她。”乔说着，站了起来，她好像是认真的。

“别开玩笑了。”朱利安说，“乔，认真点。”

“我就是认真的。”乔反驳说，“我去把乔治救出来，那么你们就知道我是可信任的，是不是啊？你们觉得我很坏，是个小偷，一文不值，你们确实说对了。但是我会做你们做不了的事情。如果你们真的很想救乔治，我可以帮你们做到。”

“怎么做？”朱利安问，他又惊讶，又怀疑。

乔又坐了下来。

“看到那座塔了吗？”她开始说道，“那是一座很大的塔，我估计里面不止有一间房间。如果我能进到乔治隔壁的房间，我就能把她房间的门打开，把她救

出来。”

“那你怎么进到乔治隔壁的房间？”狄克不屑地说。

“当然是爬到那堵墙上。”乔说，“上面长满了厚厚的常春藤。我经常爬这种墙。”

男孩们看着她。“窗外的人脸该不会就是你吧？”朱利安说，他想起了安惊恐万分的模样。“我敢肯定就是你。你像猴子一样，身手敏捷。但是你爬不上那堵高墙的，所以不要想了。你会掉下来摔死的。我们不能让你这样做！”

“呸！”乔轻蔑地说，“从那种墙上摔下来。我连没有常春藤的墙都爬过，墙上面总是有小孔和缝隙的。这种墙容易多了！”

乔居然是认真的，这让朱利安目瞪口呆。狄克想起来，乔的爸爸是一名杂技演员，也许爬墙那种事情是家传。

“你们真应该看看我走钢丝的样子。”乔非常真诚地说，“我能够在上面跳舞，而且下面根本不需要安全网。这些都是小菜一碟！好了，我要走了。”

她没再说什么，而是像一头山羊那样敏捷地爬上了陡峭的台阶，来到了拱门口。四周静悄悄的。乔像

一只灵巧的松鼠，蹦跳着穿过院子，来到长满常春藤的高塔下面。朱利安和狄克此时来到了通往院子的拱门处，正在注视着乔。

“她会摔死的。”朱利安说。

“但是她很勇敢！”狄克说，“我从来没有见过像她这样的小孩。她爬上去了，像猴子那样轻快。”

确实，乔正在顺着常春藤往上爬，动作既轻盈又平稳。她每次往上爬之前，都伸出双手测试常春藤是否结实，每次落脚前，她都用双脚测试脚下是否稳固。

有一根常春藤从墙壁那里滑落下来，乔也跟着滑下来。朱利安和狄克看着，心都提到了嗓子眼。但是乔很快抓住了另外一根常春藤，稳住身子，继续往上攀爬。

乔爬啊爬啊，爬过了第一层楼，然后是第二层楼，接着爬到了第三层楼。现在只要再爬一层，她就到顶层了。当她靠近顶层时，她的身影看起来非常小。

“我不敢看，但我又忍不住想看。”狄克说。他捂住眼睛，紧张地颤抖。“如果她现在掉下来了，我们该怎么办？”

“闭嘴！”朱利安低声说，“她不会掉下来的。她

像猫那样灵巧。看，她已经爬到了乔治隔壁房间的窗户。那扇窗户的底部是开着的。”

乔此刻坐在乔治隔壁房间宽阔的窗沿上。她得意扬扬，拼命地朝下面的男孩们挥手。接着，她用尽全身力气想把窗户推开，但是窗户纹丝不动。

乔躺下来，慢慢地蠕动身体，终于从窗户玻璃和窗沿之间的狭小缝隙挤了进去。她的身影消失在两个男孩的视线之中。

两个男孩终于松了一口气。狄克发现自己的膝盖在发抖。他和朱利安退回到陡峭台阶下面的地下通道，静静地坐在那里等待。

“比看马戏表演刺激多了。”狄克终于说，“我以后再也不敢看杂技表演了。你猜猜乔现在在做什么？”

乔这会儿很忙。她砰的一声从里面的窗沿掉到地板上，磕到了自己。不过她早已习惯了磕磕碰碰。

她赶紧站起来，迅速躲到一把椅子后面，以免有人听到了动静。但似乎没有人听到声响，于是她小心翼翼地往外看去。房间里摆满了许多又旧又重的巨大家具，到处都是灰尘，石制的天花板上有许多蜘蛛网垂下来。

乔蹑手蹑脚地走到门口。她光着脚，没有发出一

点声响。她往外看。外面有一个通往下面的石质旋转楼梯，每一边有一扇门——这座塔楼里面一定有四个房间，分布在四个角落，每个房间有两扇窗户。她看了看隔壁房间的门，心想那一定是乔治房间的门。

门锁上挂着一把很大的钥匙，还插着一个巨大的门闩。乔猛地冲过去，拉开门闩，发出了很大的声响，她赶紧冲回房间。但是没有人来。乔再次回到那扇门前，转动那把巨大的钥匙。钥匙上过油，很容易就开了。

乔推开门，小心翼翼地往里张望。乔治就在那里——瘦瘦小小的乔治正闷闷不乐地坐在窗前。她盯着乔，不敢相信自己的眼睛！

“嘘！”乔说，她也非常开心，“我来救你出去！”

想想吧

1. 警察真的会来吗?

2. 乔准备怎么救乔治?

3. 乔为什么身手如此敏捷?

第二十章　危险接连不断

乔治看见乔，好像看见了鬼一样。“乔！”她低声说，“真的是你？”

“是我。你来感受一下。”乔说着，飞快地穿过房间，用力拧了乔治一下，然后她拉起乔治的胳膊。

“快走！”她说，“我们必须在红塔来之前离开！我可不想被抓住。”

乔治站起来，好像还在做梦。她走到门口，和乔悄悄溜了出去，站到螺旋楼梯的顶部。

“我想我们只能从这里下去。”乔说。她伸着脖子，认真听着周围的动静，然后往下走了几级台阶，转过了第一个拐弯处。

但是当她正准备继续往下走的时候，她突然害怕地停下来。有人上来了！

乔惊慌地跑上来，赶紧把乔治推到她最先爬进来

的那个房间。

“有人来了。”她喘着气说，“我们完了。”

“我猜是那个红头发的人。”乔治说，“他一天会过来三四趟，想让我告诉他有关我爸爸工作的事情。但是我什么也不知道。我们现在该怎么办？”

那个人的步子很慢，正一步一步往上走，石头台阶发出沉闷的响声。乔治和乔现在可以听到那个人的喘息声。

乔突然想到了一个主意。她凑到乔治的耳朵面前说：“听着！我们俩长得很像。我会假扮成你，让红塔抓到我，把我锁进那间屋子，你乘机溜下去找狄克和朱利安。红塔不会知道我假扮成你，乔安娜给了我你的一些旧衣服，我们现在穿的衣服都一样。”

“不行。”乔治吃惊地说，“你会被抓住的。我不希望你这样做。”

“你必须走。”乔小声地说，语气坚决凶狠，“别傻了。等红塔走了，我就打开窗户，顺着常春藤爬下去，这对我来说易如反掌。这是你唯一逃出去的机会。今天晚上，他们就要用直升机把你带走。”

脚步声已经到了顶楼。乔把乔治推到窗帘后面，再次凶狠地低声说：“总之，我这样做不是为了你，而

是为了狄克。你先躲在这里，接下来的事情交给我。”

当外面的人发现乔治房间的门是开着的时候，大叫一声。他快步走进房间，发现里面空无一人。他走出来，朝着楼下大叫。

“马克霍夫！门开了，那个女孩跑了！谁打开的门？”

马克霍夫三步并作两步跑上来，大惑不解。“没有人开门啊！谁干的？不管怎样，那女孩肯定跑不远！自从我上次把她锁在这里，我一直在楼下。如果她跑了，我早就看见了。”

“谁打开的门？”红塔尖叫，怒气冲冲，“我们必须抓到那个女孩，这样我们才有筹码。”

“嗯，她一定是跑到其他房间去了。”马克霍夫没有理会他主人的怒火，冷静地说。乔和乔治躲在房间，瑟瑟发抖，马克霍夫先走进了她们对面的房间，然后才来到她们藏身的房间，他马上就发现了乔露在椅子后面的头。

他扑过去，把她往外拖。“她在这呢！”他大喊，根本就没有意识到她根本就不是乔治。乔和乔治都留着短发，脸上都有雀斑，衣服也差不多。乔大叫着，挣扎着，好像真的是乔治那样。没有人会想到这一切

都是她计划的，她是故意要被抓起来的！

乔治在窗帘后面吓得发抖，她多么希望自己能够去帮乔，但她又知道这一点用也没有。不过，现在也许是找到提摩西的最好机会。和提摩西分开了这么久，乔治伤心难过极了。

乔被拖进房间，她又喊又叫又踢，但还是被锁了起来。红塔和马克霍夫开始争吵，究竟是谁没把门锁上的。

“最后一次在那里的是你。”红塔说。

“如果是我，我告诉你，我不可能不锁门的。”马克霍夫怒气冲冲地回答，“我不会这么傻。只有你才会干这种事情。”

“行了。”红塔厉声说，“你枪毙了那条狗吗？不，你还没有！现在下去杀了它，免得它也逃跑了！”

乔治的心冷冰冰的。把提摩西杀了！不！亲爱的提摩西，她决不能让它被杀！

她不知道该做什么。她听见红塔和马克霍夫下楼的声音，他们的靴子在石头台阶上发出很重的声响，后来声音逐渐变弱。

乔治偷偷跟着他们下楼。他们走进附近的一个房间，还在争吵不休。乔治冒着被他们看见的风险，飞

快地从打开的门前窜了过去。她来到另外一处楼梯，这次不是旋转楼梯。她飞奔下去，差点摔倒。她跑呀跑呀跑呀，没有遇到一个人。这是一个多么奇怪的地方！

她来到了一个阴暗、宽敞的大厅，里面有一股很重的霉味。她跑到一扇大门前，试图打开大门。门很重，不过终于缓缓地往后移动开来。

灿烂的阳光倾斜进屋，她站在那里，小心翼翼地往外看。她知道提摩西在哪里，有时还能看到它，它就在凉亭附近走来走去。她还知道，因为提摩西一直在叫唤，所以被下了药。当她问红塔提摩西的情况时，红塔就是这样告诉她的，红塔喜欢看她难过的样子。可怜的乔治！

她急忙穿过庭院，来到凉亭。提摩西躺在那里，好像睡着了。乔治扑到它身上，搂着它粗粗的脖子。

“提摩西！哦！提摩西！”她忍不住哭喊着。提摩西被下了药，还在遥远的梦中沉睡，突然迷迷糊糊听到了这个世界上它最爱的声音。它动弹了一下，慢慢睁开了眼睛，看到了乔治！

提摩西太困了，它只舔了一下乔治的脸，然后又闭上了眼睛。乔治很绝望，她害怕马克霍夫马上就会

过来杀掉提摩西。

“提摩西！”她在它的耳边叫唤，“提摩西！醒醒！提摩西！”

提摩西再次睁开了眼睛。什么——它的小主人居然还在这里！这肯定不是在做梦。也许它的世界很快又会回归正常。提摩西完全不懂过去几天发生了什么。它踉踉跄跄地站起来，身子摇摇晃晃，头也摇摇晃晃。乔治把手放在它的项圈上。“提摩西，没事。”她说，“现在你快跟我走。快！”

尽管提摩西勉强站了起来，但是它不能走路。乔治感到很绝望，她朝院子那边看过去，害怕会随时看到马克霍夫。

她确实看到了一个人。她看到了朱利安在对面的拱门下面，正盯着她。她因为提摩西而伤心万分，看到朱利安也没有感到太吃惊。

“朱利安！”她喊道，“快过来帮我抬提摩西。他们就要杀掉它了！”

朱利安和狄克飞奔过院子，来到乔治身边。“乔，怎么啦？”朱利安说，“你找到乔治了吗？”

“朱利安，是我！乔治！”乔治说。朱利安这才突然发现，确实是乔治本人。他之前一直以为是乔，根

本就没有想到是乔治！

“快来帮我抬提摩西。”乔治一边说，一边拖了拖沉重的提摩西。“我们该把它藏到哪里？”

“去地道。”狄克说，“这是唯一的地方。快来！”

他们不知道自己是怎么做到的，但是他们确实把笨重的提摩西一路从院子拖到了拱门那里。他们打开门，把提摩西推了进去。可怜的提摩西滚了下去，一路滚过陡峭的台阶，重重地摔到了底。乔治小声尖叫。

“它会受伤的！”

但是令人惊讶的是，提摩西一点也没有受伤。实际上，从楼梯上滚下去对它反而是好事。它站起来，吃惊地打量四周。它呜呜地叫唤，一抬头，就看到了乔治。它试图爬上陡峭的台阶，但是根本就没有气力。

乔治很快就来到它的身边，轻轻拍它，抚摩着它。两个男孩也过来了。提摩西觉得，如果它能摆脱掉脑子里面那种昏昏沉沉的感觉，一切都会变正常。它不明白为什么它总是想躺下睡觉。

“带它到下面的岩洞。”狄克说，“那些人只要发现提摩西不见了，发现我们不在那个小屋了，就会过来

找我们。”

于是他们沿着狭窄的通道往前走，来到一个小小的岩洞。那个洞顶上有个小小的洞，他们都爬到小洞里。提摩西觉得它根本迈不开腿。

他们都坐了下来，挨在一起，乔治紧紧挨着提摩西。男孩们关掉了手电筒，她感到很高兴，她很想哭，若是有人看到她哭，她会觉得很丢脸。

她低声地告诉男孩们乔所做的事情。“她让我躲了起来，故意让自己被抓住。”她说，“她太了不起了！她是我见过的最勇敢的女孩。尽管她不喜欢我，但是她想尽办法帮我。”

“她很奇怪。”狄克说，“她心地不坏，可以说是非常好。”

他们小声地交谈，说着彼此的遭遇。乔治告诉他们，自己如何被抓，提摩西如何被一根短棒打昏，她和提摩西如何被带进大篷车里。

“我们看到你写下了红塔的名字。”狄克说，“这给了我们线索，才找到这里！”

“听着！”朱利安突然说，“我觉得我们得尽快制订一个计划。我总是觉得我听到了什么声音。我很肯定我们很快就会被他们找到。我们应该怎么办？”

他们都爬到小洞里

想想吧

1. 马克霍夫发现乔假装成乔治了吗？

2. 小伙伴们藏在哪里呢？

3. 乔治为什么特别想哭却不哭？

第二十一章　意外频生

朱利安一说自己听到了声音，其他人也觉得他们好像也听到了什么声音。他们坐在那里认真地倾听。乔治的心怦怦直跳，她想男孩们一定是听到了她的心跳声。

“我觉得可能是大海的声音，穿过岩洞和地道产生了回声。”朱利安终于开口说，“平时，我们根本就不必费力去听这些声音，提摩西肯定会立即叫唤起来！但是现在，可怜的提摩西，它被下药了，昏昏沉沉，我觉得它什么也听不到。”

“它会好起来吗？”乔治焦急地问，她抚摩着提摩西柔顺的耳朵。

“当然。”朱利安说，他尽量让自己听起来显得很肯定，但实际上他心里发虚。可怜的提摩西——它看起来真的病了！它一声都没有叫唤。

“乔治，过去几天你一定过得很糟糕吧，对吗？”狄克问。

“没错。”乔治说，“我根本就不想谈。如果我能和提摩西待在一块，情况也不会这么糟糕。但是他们把我带到这里后，最开始我只听到它在院子下面不停地叫唤，后来红塔告诉我他对提摩西下了药。”

“你们是怎么被带到红塔这里来的？”朱利安问。

“你们知道，一开始我被锁在那个气味难闻的大篷车里。”乔治说，“后来突然有一个叫西米的人——我想他是乔的爸爸——把我们从大篷车里拽了出来。提摩西被他们一棍子打晕了。他们把提摩西放到一个麻袋里，把我们放到拉大篷车的马上，带我们穿过树林，沿着海边一条偏僻的小路，一直来到这里。这一切都是在半夜里进行的。”

“可怜的乔治！”朱利安说，“我真希望提摩西快点好起来，我要让它狠狠咬红塔和另外那个家伙！”

“我想知道乔现在怎么样了。”狄克说。他突然想起乔此刻被关在塔楼里，就在乔治被关了好几天的那个地方。

“你们觉得红塔和马克霍夫会不会已经发现我们逃出了小屋，还发现提摩西也消失了？”朱利安说，“当

他们发现我们都不见了时，肯定会气得火冒三丈！”

“我们能跑掉吗？”乔治说，她突然觉得很害怕。“你们是坐船来的，对吗？我们能不能先坐船逃走，再喊人来救乔？”

一阵沉默。男孩们都不愿告诉乔治她心爱的小船早已被马克霍夫砸成了碎片。但是她得知道真相，于是朱利安简单地和她说了一下发生的事情。

乔治听后一言不发。他们安静地坐了几分钟，除了提摩西沉重的呼吸声，没有听到其他声音。

“这样行不行，等到天黑了，我们悄悄溜进院子，绕过那些围墙，到大门那里，看能不能逃出去？”狄克打破了沉默，“我们从这里是逃不出去的，这是肯定的——没有船，怎么也逃不掉。”

“要不我们等到红塔和马克霍夫乘直升机离开？”朱利安说，“那样我们会更安全一些。”

“这样也行——但是乔怎么办？”狄克说，“他们以为乔就是乔治，会把她带走的，这是他们的计划。如果不先把乔救出来，我不知道我们自己如何逃跑。乔救了乔治，她真的是一个大好人。”

他们商量救乔的法子，但讨论来讨论去，没有人能够想到一个真正切实可行的办法。时间一点点过

去，他们又冷又饿。“要是我们能够做点什么，情况不会这么糟糕！”狄克叹息，“我真的想知道上面屋子里是什么情况。”

此时此刻，在那个有着大大方形塔楼的灰色石头房子里，接二连三地发生了很多事情！

马克霍夫按照红塔的吩咐准备开枪去打死提摩西，但是当他来到凉亭那里，却发现那条狗不见了！

马克霍夫瞪着眼睛，吃惊极了！那条狗被绳子系住了，还被下了药迷昏了，可是现在，地上只有一根散落的绳子，没有狗拴在上面！

马克霍夫震惊万分，他在凉亭附近到处搜寻。谁把提摩西放走了？他冲到被锁住的小屋前，他之前把朱利安和狄克用绳子绑住，拴到了铁环上。门还锁着，马克霍夫转动钥匙，一把推开。

“你们……”他凶狠地吼着，突然，他猛地停下来。屋子里根本就没有人！地上又是绳子，这一回都是碎绳，散落一地，囚犯又跑了。狗不见了，两个男孩也跑了。

马克霍夫不敢相信自己的眼睛。他在小屋里到处搜寻。“但是屋子的门是从外面上锁的！”他喃喃自语，“究竟是怎么回事？谁把那条狗和两个男孩放了？

红塔会怎么说？”

马克霍夫看着院子中间那架准备好了的直升机，犹豫要不要扔下红塔逃跑。他想起了红塔的暴脾气，如果有人敢背叛他，他肯定会狠狠复仇的。马克霍夫改变了主意。

“我们最好在天黑之前离开。”他想，“这一切太奇怪了。肯定还有人藏在这里，我们却不知道。我得赶紧找到红塔，把这些告诉他。”

他走进那扇大大的前门，发现大厅里有两个人正在等他。起初他并没有看清来人是谁，吓得赶紧后退了几步。然后他才看清是西米和杰克。

“你们来这里干什么？”马克霍夫喊道，“我不是告诉过你们，要你们好好看守着柯林雅舍吗？要防止他们去报警！”

“没错。”杰克面色阴沉，“我们来正是告诉你，那个叫乔安娜的厨娘今天早晨去报警了。她带着一个小女孩走的，男孩们没有和他们在一起。”

“是的，那两个男孩在这，至少，他们刚刚还在这。”马克霍夫说，“他们又不见了。至于警察嘛，我们已经知道他们在来的路上了，我们已经制订好了计划。你们的消息来得太晚了！看看你们干的好事！你

们的监视工作干得可真好！快滚开！我们要在警察来之前带那个女孩坐直升机离开。怎么会有人知道那个女孩的下落的？是不是你们走漏了风声？”

“哼！”西米不高兴地说，“你觉得我们会和警察搅到一起？你疯了！我们是来拿钱的。我们已经做了你们要做的所有脏活，但是你们只付了你们承诺过的一半的钱。把剩下的钱给我们。”

“找红塔要去！”马克霍夫大吼，“问我有什么用？去问他！”

“那好，我们现在就去。”杰克说，脸色铁青，“他交代的事情，我们都做了——为他去拿文件，把那个女孩带走——还有那条凶残的狗——看看它在我手上咬的伤口！做这么多，才得到一半的钱！我觉得我们真是来对了时候。你们计划坐那架该死的直升机逃跑，赖掉我们剩下的钱。想得倒美！”

“红塔在哪里？”西米大声质问。

“楼上。”马克霍夫说，“我要告诉他一些坏消息，因此，他看到你们这副嘴脸肯定会不高兴。最好先让我找到他，等我说完了，你们就可以和他客客气气地讨价还价了。”

“你说得可真好听！”杰克恶狠狠地说。他和西米

都不喜欢马克霍夫。他们跟着他走上宽宽的楼梯，一直走到螺旋楼梯下面的那个房间。

红塔正在那里翻看从乔治的爸爸的书房中偷出来的文件。他脸色阴沉。当马克霍夫进来时，他把文件啪的一声甩在地上。

“这些根本就不是我想要的笔记本！”他大吼，“嗯，我要一直抓住那个女孩，直到……马克霍夫，什么事？出什么问题了吗？”

“出了很多事。”马克霍夫说，“那条狗不见了。当我准备去射杀它时，它已经消失了，那两个男孩也跑了，没错，屋门关着，但他们确确实实跑了。我根本搞不懂是怎么回事？”

“现在，来了两个人，他们想要钱！他们只是来告诉你一些你已经知道的事情——警察已经盯上你了。”

红塔气得脸色发紫，他那双奇怪的眼睛充满了怒火。他先是狠狠地盯着马克霍夫，然后盯着西米和杰克。马克霍夫被盯得很不舒服，但是西米和杰克傲慢地瞪了回去。

“你们——你们——你们居然敢来这里！我早就告诉过你们不要来！”他大喊，“你们的报酬已经给过了！休想再敲诈我！”

他接下来要说什么，没有人知道，因为就在这时，从螺旋楼梯的上方，传来了大喊大叫的声音，还有人用力撞门的声音。

“我想是那个女孩在闹腾。”马克霍夫小声嘟囔，“她怎么啦？她之前不是一直都挺安静吗？”

“我们最好现在就带她走。”红塔说，脸色依旧发紫，“杰克，去把她抓下来，带到这里。如果她还是叫嚷，就给她点颜色看看。”

“你自己去！”杰克不屑地回应。

红塔看了马克霍夫一眼，马克霍夫立刻掏出一把左轮手枪。

“从来没有人敢违背我的命令！”红塔突然冷冷地说，“从来没有！懂吗？”

杰克急急忙忙跑上楼梯，西米也赶紧跟上！他们来到顶楼那扇被锁住、上了门闩的屋子前，打开门锁，取下门闩。西米走进房间，准备对付那个被囚的女孩。

但是他僵住了，目瞪口呆。他眨了眨眼睛，又揉了揉眼睛，还是大吃一惊。杰克也目瞪口呆。

“爸爸，你好啊！”乔说，“看到我你是不是很惊讶?!”

想想吧

1. 小伙伴们听到的奇怪的声音是什么?

2. 马克霍夫为什么不独自一个人逃跑?

3. 西米和杰克为什么来找红塔?

第二十二章　聪明的乔

“乔！”西米说，“嗯，这一切……嗯……乔！”

杰克最先回过神来。“这一切是怎么回事？”他大声质问西米，“乔在这里做什么？她怎么来这里的？另外那个孩子呢？我们抓到的那个孩子？”

“我怎么知道？”西米说，他依旧盯着乔。“听着，乔，你在这里做什么？快说，另外那个孩子在哪里？”

“在屋子里搜搜，看看你们能不能找到她！”乔笑容满面地回答。她时刻保持警惕，以防她爸爸或者杰克过来把她抓走。这两个人匆匆在屋子里环视一圈。杰克走到一个大橱柜面前。

“对，她可能藏在那里面。”乔说，她觉得逗这两人很开心，“你好好找一找。”

两个大人迷惑不解。他们本来是来抓乔治的，结

果却发现了乔！

怎么回事？为什么？到底发生了什么？他们不知道该怎么做。两个人都不想就这样回去，告诉红塔这个坏消息。于是他们两个疯狂地搜寻整个房间，把角角落落都搜到了，而乔一直在旁边看着，露出嘲弄的笑容。

“最好把那个大柜子的所有抽屉都打开，看看她是否在里面。别忘了看看地毯下面。杰克，把你的头伸到烟囱那里看一看，要小心乔治把烟灰踢到你的眼睛里。”

“我等会再来抓你！”杰克怒吼着，打开了一个小橱柜的门。

一个怒气冲冲的声音从楼梯口传来。“杰克！你在干什么呢？把那个孩子带下来。”

“她不在这！”杰克大声叫起来，他突然发起脾气，“你对她做了什么？她跑了！”

红塔两步并作一步，飞快地跑上来，他气急败坏，眯着眼睛，满脸凶相。他一眼就看到了乔，当然，他以为她是乔治。

“什么意思——怎么说她不见了！”他怒气冲冲，“你疯了吗？”

“没有。”杰克同样眯着眼睛，面露凶相，“你才疯了，红塔。这个孩子根本不是那个人的女儿——那个我们从他那里拿走文件的科学家——这是西米的女儿——乔！”

红塔看着杰克，觉得他疯狂至极。他看着乔，实在看不出乔和那个消失的乔治有什么区别——她们都是短头发，脸上长着雀斑，高鼻梁——他不敢相信这是西米的女儿。

总之，他完全不相信。他认为杰克和西米突然因为某种奇怪的原因在欺骗他。

就在这时，乔开口说话了。“没错，我就是乔。”她说，“我不是乔治娜，她已经逃跑了。我叫乔，西米是我的爸爸。你是来救我的，对吗，爸爸？”

西米根本不知道该如何作答。他不知所措地盯着乔，完全被搞昏了头。

红塔火冒三丈。当他一听到乔的声音，就明白了她不是乔治。他神不知鬼不觉地被戏弄了——既然这是西米的女儿，那么肯定是西米导演了这场骗局！

红塔眼冒怒火，突然冲到西米面前，狠狠揍了他一拳。“是你出卖了我吗？”他大喊。

西米被一拳打飞在地，杰克赶紧过来帮忙。他一

脚绊倒红塔，扑到他身上。

乔看着这三个叫喊、扭打在一起的人，耸了耸肩。让他们打去吧！他们已经完全忘了她，这正合她意。她跑到门口，正准备跑下楼梯，突然心生一计。她转过身，脸上露出顽皮的笑容。她轻轻拉上门，然后转动钥匙，锁上门，最后插上了门闩。

里面的三个人听到了钥匙转动的声音，杰克立刻爬起来，用力拉门把手。

“她把我们锁在里面了！”他怒气冲冲，“还把门闩也插上了。”

“快叫马克霍夫！”红塔大喊，气得浑身发抖。马克霍夫还在楼下的房间，他突然听到楼上传来大喊大叫声，还有拼命砸门的声音！他赶紧冲上楼，想知道究竟发生了什么。

乔此刻正躲在隔壁房间。当马克霍夫走到门口，拉开门闩时，她一溜烟地跑出房间，跑下螺旋楼梯，没被马克霍夫发现。她狡黠一笑，瘦小的胸前抱着什么东西。

是楼上那扇门的大钥匙。现在没有人能够打开那扇门了——钥匙不见了。乔拿着钥匙！

“快开门！”红塔大叫，“那女孩跑了！”

“没有钥匙！”马克霍夫大喊，“她一定是拿着钥匙跑了。我马上去追她。”

但是，追乔容易，找到她就难了。乔仿佛凭空消失了一样。

马克霍夫气呼呼地搜遍了每个房间，但是没有找到乔。他走到院子里，到处查看。

实际上乔此时已经来到了厨房，找到了食物储藏室。她饿坏了，想吃点东西。厨房里面根本没有人，只有炉子里一团炉火烧得正旺。

乔溜进了食物储藏室，取下门外面的钥匙，从里面把自己反锁起来。她发现屋子里有一个小小的窗户，她小心翼翼地打开窗户，这样即便有人发现她在储藏室里面，她也有机会逃跑。

接下来她就放开肚皮，美美地吃了一顿。她吃了三个香肠卷、一大块奶酪、一大片面包、半块肉馅饼，还有两个果酱蛋挞。吃饱后，乔感觉舒服多了。她想起了她的小伙伴们，心想他们肯定也饿坏了。

她发现墙上的钉子上挂着一个蒲草篮，就把篮子取了下来，塞了很多食物进去，有香肠卷、岩皮松饼、奶酪和面包。现在，只要她能找到其他小伙伴，一定会受到他们热烈欢迎的！

乔把那把大钥匙藏在蒲草篮底部。她非常非常开心。红塔、西米、杰克都被好好锁了起来，出不来。比起红塔，她倒没有那么怕马克霍夫。她相信自己能够摆脱掉他。

她甚至一点也不为她的爸爸西米感到难过。

她既不爱他，也不敬重他，因为他根本就不是一个好爸爸。

她听到马克霍夫怒气冲冲来到厨房的声音，赶紧爬到储物架上。如果他试图进来，她就跳窗逃跑。但是马克霍夫并没有进入储藏室，他愤怒地走出了厨房。乔没有再听到他的声音。

乔小心翼翼地打开门。厨房里此时只有一个老妇人站在桌边，她正在收拾从院子晾衣绳上拿回来的衣服。当乔从储藏室门口探出头来时，她惊讶极了，并盯着乔。

“你……”她生气地开口道，但她还没有来得及说完下一个字，乔早已冲出了厨房。老妇人步履蹒跚地走到储藏室，看到架子上空空的碗碟，不禁大声呼叫起来。

乔小心翼翼地来到前厅。她听到马克霍夫在楼上怒气冲冲四处找她的声音。她得意地笑了，溜到了

门口。

她打开门，把门拉开，然后，她紧贴着墙，像黄鼠狼那样偷偷来到通往地下通道的门口。她打开门溜了进去，又轻轻关上门。

现在的任务是找到其他小伙伴。她确信他们就在下面的岩洞里。看到她篮子里面的食物，他们肯定会很高兴的！

她跌跌撞撞地走下陡峭的台阶，尽可能快地通过那条倾斜的通道。她没有带手电筒，只好在黑暗中摸索着往前走。她一点都不害怕，只是当她赤脚踩到一块尖尖的石头上面时，她才叫了一声。

朱利安、狄克和乔治三个人此刻正蜷缩在一起，提摩西在他们中间。之前，朱利安曾经去过那个通往院子的门前，小心翼翼地探出头去观察外面的动静，但除了看到一个老妇人在晾衣绳上挂衣服，他没有看到其他人。

三个小伙伴决定到了天黑再采取行动。他们想，到时候或许提摩西会恢复一些体力，可以帮助他们对付红塔或马克霍夫。他们昏昏欲睡，坐在一起取暖，幸好有大块头的提摩西陪着他们，能给他们传递一些热量。

提摩西突然叫了起来！没错，它确实叫了一声——它好长时间都没有叫唤了。乔治把手放在它身上，让它安静下来。他们全都坐了起来，认真听着洞内的动静。一个声音传来。

“朱利安！狄克！你们在哪里啊？我迷路了！”

“是乔！”狄克大喊着，立刻打开了手电筒，“乔！我们在这里！你怎么逃出来的？发生了什么？”

“好多好多事情。”乔一边说着，一边开心地跑过来，“天哪，没有手电筒，地道里面真是太黑了。我走错路了，所以才大喊。幸好没有走错太远。要不要来一点香肠卷？”

“什么？”三个小伙伴早已饥肠辘辘，兴奋地叫喊起来。就连提摩西也抬起头，嗅着乔带来的草篮。

乔大笑着，打开了篮子，把所有食物都拿了出来。其他三个人立刻狼吞虎咽起来。“乔，你真是世界第八大奇迹。”狄克说，“篮子里面还有别的东西吗？”

“当然。”乔说着，拿出一把很大的钥匙。“快看！我把红塔、杰克和西米都锁在那个塔楼里面了，这是钥匙。怎么样？我很厉害吧？”

想想吧

1. 乔是如何让她爸爸和红塔产生误会的?
2. 乔为什么不同情她的爸爸?
3. 狄克为什么说乔是世界第八大奇迹?

第二十三章　马克霍夫凶猛追击

乔治拿过那把大钥匙，惊讶地看着。“乔！真的是那把钥匙吗？你把他们都锁在里面啦？说真的，你真是太厉害了！”

“她当然厉害！”狄克说着，突然给了乔一个拥抱，乔欣喜若狂。“我从来没有见过像你这样的女孩，从来没有！你真是太勇敢了！”

“很简单的，真的。”乔说。在手电筒光的照耀下，她的眼睛闪闪发亮。“狄克，你现在相信我了吧，对吗？你还会看不起我吗？你们呢？你们会吗？”

“当然不会。”朱利安说，“你是我们永远的朋友！”

“我还不是乔治的朋友。”乔马上说。

“哦，你当然是。”乔治说，“我收回对你说的所有坏话。你像男孩子那样棒！”

这是乔治能够给予一个女孩的最高评价了。乔满

脸笑容，轻轻给了乔治一捶。

“我这次全都是为了狄克，真的。”她说，“但是下一次我会为了你这样做！”

“天哪，我可不希望还有下一次。”乔治打了个寒战。“过去几天，我没有哪一分哪一秒是舒舒服服的。”

提摩西突然把头枕在乔的膝盖上。乔抚摩着它。“快看！”她说，“它还记得我。乔治，它好些了，是不是啊？”

乔治小心翼翼地把提摩西的头从乔的膝盖上挪到自己的膝盖这边。现在她对乔的态度改变了，但是她还是不愿意提摩西的头枕着乔的膝盖。她轻轻拍了拍提摩西。

“是的，它好些了。”她说，“它刚才把我给它的半个香肠卷吃了，不过吃之前它先闻了闻。我想它已经明白，之前有些不好的东西掺到了它的食物里，现在它对食物很谨慎。提摩西真是一个好伙伴。”

吃过了东西，几个小伙伴不再肚子空空，又恢复了精力和活力。朱利安看了看手表。“就快到晚上了。”他说，“我在想，那些家伙在干什么？”

红塔三人仍然被锁在塔楼里面！不管马克霍夫如何用力地捶打那扇大门，大门纹丝不动。这扇门虽然

有些年头了，但非常牢固，门锁没有半点松动的迹象。马克霍夫从车库叫了两个人来帮忙，但是不管他们如何用力，那扇门虽然表面看起来破旧，但是依旧稳稳当当，牢不可破。

西米和杰克看着红塔像一头困兽那样在房间里走来走去，他们庆幸他们有两个人，可以对付他一个。在他们俩看来，当红塔怒气冲冲地在房间走来走去时，就像一个疯子。

马克霍夫以及他叫上来帮忙的两个人此时就在门外，马克霍夫焦急万分。警察还没有来。（其实根本不会来，因为乔安娜只告诉了警察朱利安和狄克去找一个叫红塔的人，但是她根本不知道红塔住在哪里！）

但是红塔和马克霍夫根本不知道这点——他们认为已经有警察埋伏在附近了。他们一心想坐直升机离开，免得节外生枝！

“马克霍夫！带上卡尔和汤姆去地下的岩洞。”红塔命令，“那些小孩肯定在那里——那是他们唯一的藏身之处。他们没法从这里逃出去，因为前门锁住了，也插上了门闩，另外，围墙很高，他们爬不出去。快去把那些孩子抓住，搜出钥匙！”

于是马克霍夫带着那两个彪形大汉走下楼梯，走

出塔楼的大门。他们穿过院子，来到那扇通往地下岩洞的门前。

他们走下陡峭的台阶，跌跌撞撞地走过狭窄、倾斜的通道，他们脚上的钉靴发出巨大的声响。当走到隧道中最难走的地方时，他们不得不紧紧抓住栏杆，终于，他们走出了地道，来到一个地上有一个洞的岩洞。

洞里没有人。孩子们早就听到了有人来的声音，他们匆匆忙忙跳下那个洞，逃到下面的那个岩洞。

下面那个岩洞被蝙蝠占据，散发着酸臭味。接着，孩子们绕过那个岩石拐角，进到上岸后进入的第一个洞穴，也就是那个奇怪的椭圆形岩洞，那个岩洞一直通往岩架，俯瞰着陡峭的悬崖。

“无处可逃了。”朱利安叹息。他回头看了看岩洞，觉得在里面待着比在外面耀眼的阳光中待着更好。他把其他人拉回岩洞，用手电筒在石壁上照来照去，想找一个他们可以藏身的角落。

石壁上有一个突起的岩石。朱利安把乔治托举上去，乔治又把提摩西拽了上去。可怜的提摩西——它现在根本帮不了他们。它还在沉睡，之前有人靠近时，它叫唤了几声，但是很快又垂下了脑袋。

狄克也爬了上去，挤在乔治身边。朱利安发现了另外一块突出的岩石，躲在了后面。乔躺在了石壁边的一个坑洞里，机智地用沙子把自己盖住。朱利安忍不住佩服乔足智多谋，她似乎总是能想到最佳的办法。

但是乔是唯一一个被发现的！这纯属偶然——马克霍夫踩到她了。他和另外两个人通过小洞，来到了下面的那个蝙蝠洞，却发现空无一人，他们又来到了那个通往悬崖的岩洞。

“那些小孩不在这里。”其中一个人说，“他们一定是躲到什么地方了。这地方太可怕了——咱们回去吧。”

马克霍夫拿着手电筒在墙壁上来回照着，想看看那些小孩是不是躲在哪块突起的岩石后面，突然，他重重地踩到了乔的手上。乔痛苦地惊叫一声，马克霍夫吓得差点丢掉了手电筒！

他立刻把这个女孩从沙堆中拽了出来，像拎小鸡一样拎着她。“这就是我们要找的人！”他对另外两个人说，“她拿走了钥匙。你这个该死的小偷！钥匙在哪里？快把钥匙给我，否则我把你丢下悬崖！”

朱利安害怕极了。他非常确定马克霍夫会真的把

乔扔下悬崖的，正当他准备跳下去帮她时，他听到了乔开口说话。

“没问题！放我下来！你这个坏蛋！钥匙在这里！拿走吧！在警察来之前把我爸爸放出来！我不希望他被抓住！”

马克霍夫发出胜利的欢呼，他一把夺过乔手中那把亮闪闪的钥匙，给了乔一记闪亮的耳光。

“你这个可恶的小鬼！你就和你的小伙伴在这里待着吧！你们会在这里待很久很久！你知道我们接下来会做什么吗？我们会用一块大石头堵住那个岩洞顶上的洞口，你们就一直被关在这里吧！”

“你们既不能往上逃跑，也不能往下逃跑。如果你们想跳海游走，你们会被海浪冲到礁石上。这就是你们多管闲事的下场！”

另外两个家伙哈哈大笑起来。“马克，好主意！”其中一个人说，“他们都会被困在这里，没有人知道他们的下落！走吧，我们没有时间浪费了。如果再不把红塔救出来，他会疯掉！”

他们往回走。三个孩子听到他们的脚步声越来越弱，最后脚步声完全停住，那三个人一个接一个从最后一个岩洞的天花板上的洞口爬了出去，消失在那条

狭窄、低矮、通往院子的地道中。

朱利安从藏身之处出来，满脸沮丧，他感到非常害怕。“我们完了。”他说，“如果那些家伙真的把那个洞口堵住，我敢肯定他们已经这样做了。那我们就会被永远困在这里！那个马克霍夫说得对，我们往上逃不出去，往下也逃不出去。海浪太大，根本没法游泳，悬崖也太陡峭，我们也根本爬不出去！”

“我去看看他们是否真的堵住了洞口。”狄克说，“也许他们只是吓唬吓唬我们。”

但是那些人并不是吓唬他们。朱利安和狄克拿手电筒照着天花板上的那个洞口，看到了一块巨石堵在那里。

他们没法再穿过那个洞口了，因为从下面根本无法搬动那块巨石。几个小伙伴神色凝重地走回前面那个岩洞。夕阳西斜，落日余晖中，他们坐在岩架上沉思。

“真倒霉！可怜的乔居然被发现了。”乔治说，“更可惜的是，她不得不交出那把钥匙！现在红塔和其他人肯定出来了。”

“他们不会出来的。”乔突然出人意料地说，“我并没有把塔楼的钥匙给他们。我还有一把钥匙，就是那

把厨房储藏室的钥匙！我给他们的是那把。”

“我们这么幸运！”朱利安震惊地说，“乔，干得好！不过你怎么会有储藏室的钥匙呢？”

乔告诉他们自己是如何取走储藏室的钥匙，如何把自己锁在里面美餐一顿的。

“我必须得打开门，然后才能出去。”她说，“我想，我还是把那把钥匙带走吧。因为，谁知道我会不会再进到那个储藏室，把自己锁到里面大吃一顿呢？”

“乔，在这些方面，没有人能够比过你。”狄克肯定地说，“没有人。你就像猴子一样机灵。所以说，塔楼的钥匙还在你身上？”

“当然。”乔说，“红塔、我爸爸、杰克肯定还锁在塔楼里面！”

突然，狄克的脑海中闪过一个可怕的念头。“等一等！”他说，“要是他们发现拿错了钥匙，会怎么办？他们肯定还会回到这里。我的天哪，到时候他们会狠狠收拾我们的！”

想想吧

1. 乔治给一个女孩的最高评价是什么？

2. 坏人们是如何发现乔的？

3. 乔真的交出了塔楼的钥匙吗？

第二十四章　大惊喜

一想到那伙人会怒气冲冲地回来找他们，几个小伙伴又惊又怕。

“一旦马克霍夫发现那把钥匙打开不了塔楼的门，他就会知道乔耍了他！”乔治说。

“那么接下来他一定会火冒三丈，回来把这里翻个底朝天！天知道我们到时候会遭遇什么！”朱利安叹气道，“我们怎么办？又躲起来吗？”

“不！”狄克说，“我们快离开这儿，顺着悬崖爬到海边去。我觉得在那里比在这个岩洞里更加安全。我们也许可以在小海湾的岩石堆里找到一个更好的藏身之处。”

“只可惜我的船被砸了。”乔治说。想到她那心爱的小船，她不由叹了一口气。“我想说——我们怎么把提摩西弄下去呢？”

大家商议了一下。提摩西没法自己爬下去，这是肯定的。乔想起悬崖边上的绳子还系在那里——就是之前她为了帮助朱利安和狄克爬上悬崖而系的绳子。

“我知道了。”乔的小脑瓜又飞快地转动起来，“朱利安，你等会第一个下去，狄克第二个下去，乔治最后一个下去。你们下去的时候注意抓紧绳子，免得掉下去。”

“你们下去后，我会把绳子拉上来，把绳子绑到提摩西的腰上，然后我把提摩西放下去。它现在睡得很沉，根本不会反抗，它甚至根本都不知道发生了什么！”

“那你怎么办？”狄克问，“你最后一个下来。没关系吧？你到时候一个人在这里，那些人随时有可能出现。”

“没有关系。”乔说，“我们赶快行动！”

朱利安首先下去，他真庆幸手脚在岩壁上摸索裂缝时还有绳子可抓。接着是狄克，他很紧张，几乎是一路滑下去的。

接下来是乔治，她也很紧张，慢慢地往下爬。她真讨厌这陡峭的悬崖！只要一瞥到下面的大海，她就会感到头晕，她只好闭了一会儿眼睛，同时一只手紧

紧抓住绳子。

把提摩西弄下去可真费劲。乔治站在下面，焦急地等待着。乔发现要把提摩西绑好非常困难。它个头高大壮实，虽然它不知道发生了什么，但是它一点也不喜欢被绑起来。终于，乔把绳子牢牢地打好结，她朝其他人大喊。

“提摩西要下来了。小心点，绳子可能会断。哦，天哪，我真希望它不要乱动，它撞到悬崖上面了！”

对可怜的提摩西来说，这可一点也不是什么好玩的经历！当它被缓缓放下时，它在绳子上摇来荡去。当它发现自己悬在半空中时，感到异常惊讶。此时，乔在上面累得气喘吁吁。

“哦，它太重了！我希望我能坚持住。你们小心，在下面接住它！”她尖叫着说。

乔终于坚持不住了，一下子松开了绳子。幸运的是，此时提摩西距离地面只有六英尺高，当它突然往下落时，朱利安和乔治成功地接住了它。

“我现在要下来了。”乔大喊。她既没有抓绳子，也没有看绳子，而是像猴子一样敏捷地爬了下来。她似乎会魔法，总能找到手和脚的支点。其他人羡慕地看着她。很快，乔就站到了他们面前。乔治忙着给提

摩西解绳子。

“乔，真是太谢谢你了。”乔治感激地看着乔说，“你真了不起！提摩西肯定很重很重。”

“的确很重。”乔一边说着，一边拍了拍提摩西，“我都拉不住它。嗯，我们接下来该怎么办？”

“我们先在这个奇怪的小海湾转转，看能不能找到藏身之处。”朱利安说，“乔治，你俩去那边，我们去这边。”

他们分头行动，四处搜索可以藏身的地方。在朱利安和狄克这边，他们放眼看过去，根本看不到什么可以躲藏的地方。海水涌进海湾，水面时涨时落。海湾外面，巨浪拍打着岩石，根本无法游出去。

突然，乔治激动的尖叫声传来。“朱利安！快过来！看我找到了什么！”

他们赶紧跑到乔治所在的地方——一块大礁石后面。乔治指着一个被海草覆盖的庞然大物。

“一艘船！上面覆盖了海草，但的确是一艘船！”

“这是你的船！”狄克突然喊起来。他激动地弄掉上面的海草。“马克霍夫没有毁掉船！它在这儿，完好无损。它藏得太好了，马克霍夫根本就没有发现，所以只好向红塔撒谎。”

“那个家伙根本就没有毁掉船！”乔兴奋地大叫起来，也开始去扯那些野草。“船好好的，哪里都没有坏。那个家伙根本就没有毁掉船！”

四个孩子又惊又喜，他们兴奋地在其他人背上捶打着，开心地蹦来跳去。他们有船了——乔治的船，还完好无损。他们可以逃跑了。耶，太棒了！

突然，悬崖上面传来一声吼叫。

孩子们往上一瞧，惊呆了。马克霍夫和其他两个人正站在上面的悬崖上，大声喊叫着，还朝他们挥舞拳头。

“你们就等着我们下来抓你们吧！”马克霍夫大喊。

“快点！快点！”朱利安一边说，一边赶紧拉着那艘船，“这是我们逃走的唯一机会了。快把船拉到水里，使劲拉！”

马克霍夫正抓着绳子往下爬。乔真希望自己在爬下来之前就把绳子解掉了，因为现在这根绳子倒是为马克霍夫提供了方便。她和其他人一起拉着小船，真希望小船不要太重。

就在小船快要到水边时，意外发生了。一直懵懵懂懂盯着周围的提摩西突然从它所在的一块礁石上掉了下来，直直地掉到海里。乔治尖叫起来。

“哦！提摩西！它掉到水里了。快！快！它被下药了，没法游泳！它会淹死的！”

朱利安和狄克正拉着小船，他们根本不敢停下来，因为他们看到马克霍夫马上就会冲到他们身边。乔治赶紧冲向提摩西，它正在浪花中扑腾，还是显得一脸惊讶与茫然。

但是冰冷的海水对提摩西产生了神奇的效果，似乎让它瞬间恢复了意识。它重新恢复了活力，奋力游回落水的地方，在乔治的帮助下爬上了岸，大声叫着。

小船下水了。朱利安一把抓住乔治。“快！赶紧上船！快！”

乔和狄克已经上船了。抱着提摩西的乔治终于被大家拉上了船。朱利安看了马克霍夫一眼，他深感绝望，因为那个家伙已经爬到绳子的末端，就要跳下来了。他们快没法脱身了！

突然，提摩西挣脱乔治的怀抱，奔到悬崖旁，它狂吠着，警告马克霍夫不要靠近。提摩西好像完全恢复了正常，冰凉的海水冲走了它的所有睡意。提摩西又变回原来的样子啦！

马克霍夫距离地面只有五英尺了，突然，他听到

了提摩西的狂吠。他惊恐地向下看，看到一条大狗正试图跳起来咬他。他赶紧往上爬，免得被提摩西咬到。

“汪汪！”提摩西大叫，“汪汪！汪汪！汪汪！”

“小心！它会把你的脚咬掉的！”悬崖上方一个人高喊。

“那条狗疯了，会咬人的！马克，小心点！”

马克霍夫已经很小心了！他害怕极了。他往悬崖上方又爬了几英尺，一回头，发现提摩西正试图爬上悬崖来追他。他赶紧又往上爬了几英尺，他一只手紧紧抓住绳子，生怕不小心掉下去，被暴怒的提摩西撕咬。

“回来！提摩西！”乔治突然大喊，“快回来！”

四个孩子此时已经坐上了小船，漂浮在海面上。只要提摩西回来，他们立刻就可以划过这些礁石，划出这个海湾，这样马克霍夫永远也追不上他们了。

“提摩西！提摩西！”

提摩西听到了呼唤，它看了一眼马克霍夫的双腿，感到很遗憾，但很快转身朝小船这边奔过来。它纵身跃入小船，还站在船上朝着悬崖那边狂吠。

马克霍夫赶紧把绳子扔下悬崖，但是太迟了。小

船像箭一般地冲出了海湾口，很快就转弯出去了。不到半分钟，小船就已经消失在礁石边，驶向了大海。

朱利安和狄克稳稳地划着船，乔治和乔搂着提摩西，把脸埋进提摩西柔软的毛里。

“它好了！完全好了！”乔治开心极了。

“是的，掉进冰冷的海水里反倒救了它。”乔一边抚摩着提摩西的毛，一边赞同道，“提摩西，好样的！”

提摩西此时正在船底，它兴奋地嗅来嗅去，它闻到了一股美妙的味道。乔好奇提摩西究竟发现了什么，不一会儿她就明白了。

“是我们带到船上还没有来得及吃的三明治！”她大声说，“提摩西会把它们吃光的！”

“让它吃个够！”朱利安一边说，一边奋力地划桨，“这是它应得的！天哪，能再次听到它的叫声，再次看到它摇尾巴，真是太好了！”

提摩西确实在不停地摇尾巴。对它而言，世界又恢复了正常，它既可以看见，也可以听见，既可以叫，也可以跳——它最爱的乔治也在它的身边。

“现在我们要回家了！”朱利安说，“安看到我们肯定高兴坏了。天哪，我们度过了多少惊心动魄的时刻啊！”

想想吧

1. 小伙伴们是如何安全地把提摩西带下悬崖的？

2. 马克霍夫为什么没有毁掉乔治的船？

3. 提摩西是如何阻止坏人从悬崖上爬下来的？

第二十五章　一切安好

当乔治的小船抵达柯林湾时，天色暗了下来。他们在海上划行了好久，个个都累坏了。当男孩子们累得筋疲力尽时，女孩们接过船桨继续划。提摩西兴致很高，让大家感到很振奋。

“说实话，提摩西上船后就一直在摇尾巴。”乔治说，“它重获新生，特别高兴！”

小船靠近柯林湾后，他们发现沙滩上有一个小小的身影，在暮色中若隐若现。是安！她大声朝他们叫喊，声音颤抖。

“真的是你们吗？我在这儿等你们一天啦！你们还好吗？”

“我们很好！我们把乔治和提摩西也带回来了！”狄克大声回答。这时，船停靠在了卵石滩上。“我们都很好！”

四个人和提摩西都跳下船，他们把小船拖到沙滩上。安看见他们全都平安归来，喜极而泣，赶紧上前帮忙。

“冒险的确危险重重。”她说，“不过，你们把我一个人留在这里，让我觉得更糟糕，下次你们再也不要把我丢下了！”

“汪汪！”提摩西摇晃着尾巴，表示赞同。它也不想被排除在探险之外！

大家往家的方向走去，他们都很累，走得很慢。乔安娜在家盼了他们一整天。当她看见乔治，她高兴地尖叫起来。“乔治！你们终于把乔治带回来了！哦，你们这些小坏蛋，你们消失好几天了，我根本不知道你们去哪里了，我都快担心死了。乔治，你还好吗？”

“很好。谢谢您！”乔治说。她昏昏欲睡，好像随时都会睡着。“我想吃点东西，再美美地睡个好觉！”

“这几天你们去哪里了？都做了什么？”乔安娜一边大声问着，一边匆匆走进厨房给他们弄吃的。

“我很着急，我去了警察局，我真傻，我没法告诉警察你们去哪里了。我只能说你们去找一个叫红塔的人，是划着乔治的小船离开的！”

“之后警察开着摩托艇在海边来回搜索。”安说，“他们想要找到你们，但就是找不到。”

“他们没法找到的，我们的船藏得很隐蔽。”狄克说，“我们也藏得很隐蔽，我还以为我们这辈子都会被藏在那里呢。”

电话铃声突然响了，吓了朱利安一跳。“哦，太好了，你们把电话修好了。乔安娜，你先来接电话，我等会儿马上给警察打电话。”

正好是警察打来的电话。乔安娜激动地告诉警察，所有孩子都平安地回来了。警察们听到这个消息也很高兴。“我们十分钟后过来。”他们说。

十分钟后，五个孩子和提摩西正在狼吞虎咽地吃着美食。“你们继续吃。”一位警官走进房间，后面还跟着一位孩子们以前见过的警员。“你们可以边吃边说。”

于是孩子们开始把他们经历的事情全都说了出来，没有漏掉任何事情。首先是乔治说，接着是乔说，然后是狄克说，最后是朱利安说。

刚开始，那位警官听得稀里糊涂，慢慢地，所有的信息像拼图一样在他脑海里面拼凑起来。

“我爸爸会进监狱吗？”乔问。

他们把小船拖到沙滩上

“恐怕是的。”警官说。

“乔，真抱歉。”狄克说。

“我不介意。”乔说，“他不在，我更好一些，这样我就不用做他吩咐我做的事情了。”

“我们看看能否帮你找一个好去处。”警官友好地说，“乔，你现在无人照顾，需要找个照顾你的地方。”

“我可不想去‘坏女孩之家’。”乔害怕地说。

“我绝不会让你去的。”狄克说，“你是我见过的最勇敢正直的小孩。我们大家都不会让你去那种地方的。我们会为你找一个好心人，就像……就像……”

“就像我一样。”一直在一旁倾听的乔安娜突然用手臂环抱着乔，紧紧地抱着她。“我有个堂妹，她曾经像你一样，外表脏兮兮的，但有一颗正直的心。不要担心，我们会照顾你的。”

“我不会介意和像你一样的人生活在一起。”乔大大咧咧地说，“我再也不会做坏事了，再也不会学坏了。我希望能经常见到狄克和你们大家。”

“只要你当个好孩子，你会再见到我们的。”狄克咧着嘴笑着说，“但是，如果我听说你又爬窗户钻到别人家的食物储藏室，或者其他类似的事情，我就再也不想见到你了。”

乔也笑了，她真开心。突然，她想起了什么，她把手伸进她一直背着的那个蒲草篮，取出那把大大的钥匙。

“给你。”她对警官说，“这是塔楼的钥匙。我敢肯定红塔和其他人还被锁在里面，等着你们去抓他们呢！天哪，当你们打开门进去时，他们肯定会大吃一惊的！”

“很多人会大吃一惊的。”警官一边说，一边收好他那记得满满的笔记本。“乔治娜，你和你的狗毫发无损地回来，真是太幸运了。顺便说一句，当我们之前在寻找那些被偷走的笔记本的相关线索时，联系上了你爸爸的一位朋友。他说，你爸爸在离开之前，把从美国带回来的所有重要的文件都交给他保管了。所以，红塔那个家伙根本没有得到任何有价值的文件。他坏事做尽，却一无所获。”

“您了解红塔这个人吗？”朱利安问，“我觉得他看起来很疯狂。”

“如果他是我们要找的那个人，他的确不正常。”警官说，“我们真高兴他被关起来了。还有那个马克霍夫，他不如红塔聪明，但是也很危险。”

“我希望他还没有乘直升机逃走。”狄克说，“他本

打算今晚就逃走。”

“嗯，我们会在一小时以内赶到那里。”警官说，“我需要用一下你们的电话，安排一些事情。”

当天晚上，警察就展开了行动！警车呼啸而至，来到红塔的院子前。没有人来开大门，警察只好闯了进去。直升机还在院子里，只可惜——已经支离破碎地侧翻在地上。后来，孩子们听说，马克霍夫和另外两个人试图乘坐直升机逃跑，但是直升机出了故障，升起后坠落了下来，掉到院子里。

三个人从飞机座椅上爬了出来，跑去冲洗伤口。警察进去时，那个老妇人正在照顾他们。马克霍夫的头受了伤，毫无还手之力。

“红塔在哪里？”警官问马克霍夫，“还被锁在塔楼里面吗？”

“没错。”马克霍夫恶狠狠地说，“好消息是，你们只能锤坏那扇门，才能抓到他和其他人。”

“不，我们不需要。”警官说着，掏出了那把钥匙。马克霍夫惊愕地盯着钥匙。

“那个臭丫头！”他说，“她把储藏室的钥匙给了我。等我抓到她，她就完蛋了。”

“马克霍夫，那恐怕要等很久了。”警官说，“很久

很久。我们要把你带走了。”

红塔、西米和杰克还被锁在上面，他们气坏了。他们知道一切都完了，他们很快也要被塞到警车带走。

“这次抓捕真是干得漂亮！”警官对其中一个手下说，“非常非常漂亮——那三个人还被锁着，就等我们来把他们一网打尽。”

“那个叫乔的孩子怎么办？”那个手下说，“她看起来很坏，当然也很聪明，那些大人都被她耍了！”

“她需要一个改过自新的机会。”警官说，“每个人都需要一个改过自新的机会，这一次是她的机会。她有坏的方面，也有好的方面，我想，一半一半。但是，如果给她一个机会，她肯定会越来越好的！”

乔又在乔安娜的房间睡下了。其他人在他们自己的房间，也准备睡觉，可是他们突然不困了。提摩西尤其兴奋，在屋里屋外跑来跑去，还把地垫拱来拱去。

电话铃声突然响了，把每个人都吓了一大跳。

“发生什么事了？”朱利安说着，赶紧下楼到客厅去接电话。他的耳边响起一个声音。

“是柯林 011 吗？这里是电报局。您有一份电报，

已经预付了回电费用。现在我来读一下电报内容。”

“请说。”朱利安说。

“这份电报来自西班牙塞维利亚。”那个声音说，“内容如下：这是我们的地址。请回复，告诉我们你们是否一切安好——昆丁叔叔。”

其他人都围拢在朱利安身边，朱利安向他们重复了一遍电报的内容。“我该怎么回复呢？”他问，“最好不要打扰他们，一切都过去了！”

“的确如此。”狄克说，“你想怎么说就怎么说！”

“好的。”朱利安说着，又拿起电话，“您好，这是我要回复的信息。请听好：我们度过了一段非常刺激的时光，乐趣满满，游戏多多。一切安好——朱利安。”

“一切安好。”当大家上楼睡觉时，安念叨着这句话。“这是我在冒险结束之后最喜欢听到的一句话。一切安好！”

想想吧

1. 谁在海滩上等待小伙伴们?
2. 乔会被送到坏女孩之家吗?
3. 小伙伴是如何回复电报的?

译名对照表

类别	英文	中文
人名	Anne	安
	Aunt Fanny	范妮婶婶
	Carl	卡尔
	Constable Wilkins	威尔金斯警官
	Dick	狄克
	George/Georgina	乔治 / 乔治娜
	Jake	杰克
	Joanna	乔安娜
	Jo	乔
	Julian	朱利安
	Markhoff	马克霍夫
	Mr Donaldson	唐纳森先生
	Old Ma Smith	史密斯老婆婆
	Red Tower	红塔
	Sid	西德
	Simmy	西米
	Stevens	史蒂文斯

续表

类别	英文	中文
人名	Tom	汤姆
	Uncle Quentin	昆丁叔叔
动物名	Blackie	小黑
	Timothy	提摩西
地名	Kirrin Cottage	柯林雅舍
	Kirrin Bay	柯林湾
	Port Limmersley	利莫斯雷港
	Ravens Wood	乌鸦树林

“五个小侦探”丛书

◆ 第一辑 ◆

1.《宝岛历险记》 米子 译
2.《再次大冒险》 孙精精 译
3.《离家出走》 杨盛梅 译
4.《走私者之峰》 庞贝 译
5.《马车出游历险记》 黄林涛 译

◆ 第二辑 ◆

6.《重返宝岛》 黄林涛 译
7.《幽灵火车》 黄林涛 译
8.《陷入大麻烦》 孙精精 译
9.《冒险的经历》 彭金玲 译
10.《一次远足》 欧阳耀地 译

图书在版编目（CIP）数据

冒险的经历 / (英) 伊尼德·布莱顿著 ; 彭金玲译
. -- 桂林 : 漓江出版社 , 2022.6
（“五个小侦探”丛书）
ISBN 978-7-5407-9230-5

Ⅰ. ①冒… Ⅱ. ①伊… ②彭… Ⅲ. ①儿童小说—长篇小说—英国—现代 Ⅳ. ① I561.84

中国版本图书馆 CIP 数据核字 (2022) 第 050951 号

MAOXIAN DE JINGLI
冒险的经历
［英］伊尼德·布莱顿 / 著
彭金玲 / 译
王珏 / 绘

出版人：刘迪才
丛书策划：沈东子　黄彦
责任编辑：黄彦
书籍设计：石绍康
责任监印：张璐

出版发行：漓江出版社有限公司
社址：广西桂林市南环路 22 号　邮编：541002
发行电话：010-65699511　0773-2583322
传真：010-85891290　0773-2582200
邮购热线：0773-2582200
电子信箱：ljcbs@163.com
微信公众号：lijiangpress
印制：北京中科印刷有限公司
［北京市通州区宋庄工业区 1 号楼 101 号　邮编：101118］
开本：880 mm × 1230 mm　1/32
印张：8.25　字数：121 千字
版次：2022 年 6 月第 1 版
印次：2022 年 6 月第 1 次印刷
书号：ISBN 978-7-5407-9230-5
定价：36.00 元